Editado por Harlequin Ibérica.
Una división de HarperCollins Ibérica, S.A.
Núñez de Balboa, 56
28001 Madrid

I.S.B.N.: 978-84-687-7632-3
Depósito legal: M-40600-2015
Impresión en CPI (Barcelona)
Fecha impresion para Argentina: 12.9.16
Distribuidor exclusivo para España: LOGISTA
Distribuidores para México: CODIPLYRSA y Despacho Flores
Distribuidores para Argentina: Interior, DGP, S.A. Alvarado 2118.
Cap. Fed./Buenos Aires y Gran Buenos Aires, VACCARO HNOS.

Capítulo Uno

Había días en los que Evan McCain desearía no haber conocido nunca a la familia Lassiter. Y aquel día era uno de ellos. Gracias a J.D. Lassiter, a sus treinta y cuatro años tenía que empezar de nuevo a labrarse un futuro profesional.

Abrió la puerta de su viejo local vacío de Santa Mónica. Tendría que haber vendido el edificio dos años antes, al trasladarse a Pasadena, pero solo estaba a una manzana de la playa y era una buena inversión. Al final había resultado ser la decisión apropiada.

No tenía el menor propósito de tocar el dinero que le había dejado J.D. El testamento de su exjefe parecía una recompensa por la involuntaria participación de Evan en el maquiavélico ardid de J.D. para poner a prueba a su hija Angelica, la exnovia de Evan. Finalmente había superado la prueba, demostrando que podía compaginar el trabajo y su vida personal, y había sustituido a Evan al frente de Lassiter Media. Pero Evan se había llevado la peor parte, ya que no solo perdía su empleo en la empresa sino también la relación con Angelica.

Dejó la maleta en la recepción, encendió las luces y comprobó que había línea en el teléfono del mostrador. Estupendo. Tenía electricidad y estaba conectado con el mundo exterior. Dos cosas menos de las que preocuparse.

Las persianas de la puerta vibraron tras él cuando alguien entró en el local.

—Vaya, vaya, así que el magnate de las comunicaciones ha vuelto a sus humildes orígenes —era la voz de su viejo amigo Deke Leamon.

Sorprendido, Evan se giró y entornó la mirada contra los rayos de sol que entraban por la puerta.

—¿Qué demonios haces en la Costa Oeste?

Deke sonrió y dejó su bolsa de viaje junto a la maleta de Evan. Vestía unos vaqueros descoloridos, una camiseta de los Mets y botas de montaña.

—Lo hicimos una vez y podemos volver a hacerlo.

Evan se acercó para estrecharle la mano a su antiguo compañero de habitación en la universidad.

—¿Hacer qué? En serio, ¿por qué no me has llamado? ¿Y cómo sabías que estaría aquí?

—Figúrate… Me pareció que este era el sitio más lógico, habiendo tantos recuerdos en Pasadena. Supongo que vas a vivir arriba una temporada…

—Buena deducción.

El apartamento era pequeño, pero Evan necesitaba un cambio de aires. Y Santa Mónica, aun estando tan cerca de Los Ángeles, tenía una personalidad propia.

—Me imaginé que estarías compadeciéndote y me he pasado por aquí para darte una patada en el trasero —continuó Deke.

—No me estoy compadeciendo —respondió Evan.

Así era la vida, y por mucho que se lamentara, su situación no iba a cambiar. Había aprendido la dura lección mucho tiempo atrás, al cumplir diecisiete años. Ese mismo día había descubierto lo resistente que podía ser.

–Y tú no te has pasado por aquí como si tal cosa –añadió. Su amigo Deke no actuaba nunca por impulso o capricho. No dejaba nada al azar.

Deke se dejó caer en una de las sillas de plástico y estiró las piernas.

–Está bien, he venido a propósito –admitió, mirando alrededor–. Aunque podría echarte una mano…

Evan se apoyó en el mostrador y se cruzó de brazos.

–¿Echarme una mano en qué, exactamente?

–En lo que haga falta… ¿Qué es lo primero?

–El teléfono funciona –dijo Evan. Se percató de que aún tenía el auricular inalámbrico en la mano y lo dejó en el mostrador.

–No está mal para empezar. ¿E Internet? ¿Tienes una página web?

Evan se sintió conmovido y divertido por el interés de Deke.

–No tienes por qué estar aquí.

–Quiero estar aquí. He dejado a Colby a cargo de Tiger Tech. Le he dicho que volveré dentro de un mes, más o menos –Colby Payne era un joven genio creativo que era la mano derecha de Deke desde hacía dos años.

–Es una locura –Evan no estaba dispuesto a permitir que Deke hiciera un sacrificio semejante–. No necesito tu compasión. Aunque te quisiera aquí, tienes un negocio del que ocuparte.

La empresa de prototipos tecnológicos que Deke tenía en Chicago ayudaba a que los jóvenes innovadores transformaran sus ideas en productos comerciales. La hábil combinación de talento y audacia había lanzado con éxito al mercado docenas de modelos, desde tornos computarizados a impresoras 3D.

Deke se encogió de hombros.

–La verdad es que me estaba aburriendo un poco. Hace dos años que no me tomo unas vacaciones.

–Vete a París. O a Hawái.

Deke sonrió.

–En Hawái me volvería loco.

–¿No has visto las fotos de las playas paradisiacas y las chicas en biquini?

–También hay chicas en biquini aquí, en Santa Mónica.

–Puedo cuidar de mí mismo, Deke.

Cierto que era un golpe muy duro haber perdido su trabajo en Lassiter Media, pero ya estaba empezando a recuperarse.

–¿Te has olvidado de cuánto nos divertíamos? –le preguntó Deke–. Tú, Lex y yo, confinados en aquel tugurio de Venice Beach, intentando montar un negocio sin saber cómo pagar las facturas…

–Era divertido cuando teníamos veintitrés años.

–Y volverá a serlo –le aseguró Deke.

–Te recuerdo que en aquella ocasión fracasamos

–en vez de hacerse ricos, cada uno había tomado un camino diverso. Deke se había metido en el mundo de la tecnología, Evan se había dedicado a la administración empresarial y Lex Baldwin estaba teniendo un ascenso meteórico en Asanti International, una cadena de hoteles de lujo.

–Sí, pero ahora somos más listos.

Evan no pudo reprimir una carcajada.

–¿De verdad te parezco más listo ahora? –preguntó con ironía, señalando el local vacío.

–Está bien, ahora yo soy más listo.

–Esta vez quiero ser independiente –había disfrutado trabajando con J.D. Lassiter. El viejo era un genio para los negocios, pero también un astuto manipulador. Para J.D. lo primero siempre había sido la familia, y como Evan no era de la familia había acabado siendo una víctima colateral en el plan de J.D. para poner a prueba la lealtad de su hija.

Evan no criticaba a nadie por apoyar a la familia. Si él hubiese tenido familia la habría antepuesto a todo y a todos. Pero no tenía hermanos ni hermanas y sus padres habían muerto en un accidente de coche el mismo día en que cumplió diecisiete años. Con Angelica había pensado formar una familia tan numerosa que ninguno de sus miembros se sintiera jamás solo. Pero aquel sueño nunca se haría realidad.

–Cuentas con todo mi apoyo –le dijo Deke en tono bajo y sincero mientras lo observaba atentamente.

–No necesito el apoyo de nadie.

–Todo el mundo necesita a alguien.

–Creía que tenía a Angie –nada más decirlo se arrepintió.

–Pero no fue así.

–Lo sé –había creído que era la mujer de sus sueños, pero Angelica le había dado la espalda a las primeras de cambio. En vez de enfrentarse juntos a los problemas, se había encerrado en sí misma y había dejado de confiar en él y en su familia.

–Al menos lo descubriste antes de la boda.

–Desde luego –corroboró Evan, aunque en el fondo se preguntaba qué habría sucedido si J.D. no hubiera muerto justo antes de la boda. Quizá, siendo marido y mujer, Angie hubiera creído más en él…

–Ya no forma parte de tu vida, Evan.

–Lo sé –repitió.

–No parece que lo sepas.

–He pasado página, ¿de acuerdo? Se ha terminado y por eso estoy aquí –tal vez algún día conociera a otra persona, pero no podía imaginarse cuándo, ni cómo ni quién.

–Muy bien, pues manos a la obra –Deke se levantó y se frotó las manos–. Lo primero es relanzar tu negocio. Tus logros en Lassiter Media servirán al menos para impresionar a futuros clientes.

–Desde luego –corroboró Evan. Se quedarían impresionados de lo que había conseguido. Y algunos se preguntarían por qué demonios se había marchado.

***

Angelica Lassiter necesitaba empezar de cero. Se había pasado cinco largos meses batallando con su familia por el testamento de su padre solo para descubrir que el verdadero propósito de J.D. había sido poner a prueba su habilidad para compaginar el trabajo con su vida personal. En el testamento le dejaba inicialmente a Evan el control de Lassiter Media, pero al final la empresa pasaba a manos de Angelica. De esa manera obtenía lo que siempre había esperado y anhelado, pero no se sentía orgullosa de lo que había hecho para intentar conseguirlo. Ni de la forma en que había tratado a Evan.

No solo había roto su compromiso con él, sino que lo había acusado de mentirle, de traicionarla y de conspirar con su padre para robarle su herencia. Se había equivocado en todo, pero por desgracia ya no podía hacer nada para remediarlo.

–¿Señorita Lassiter? –la llamó su secretaria desde la puerta de la sala de juntas.

Angelica se apartó de la ventana desde la que contemplaba el centro de Los Ángeles.

–¿Sí, Becky?

–Han llegado los decoradores.

–Gracias. Hazlos pasar, por favor.

Angelica sabía que su decisión de reformar el último piso del edificio Lassiter y cambiar de sitio el despacho del presidente iba a causar un enorme revuelo en la empresa. Pero también sabía que no le quedaba más remedio.

Tal vez si el traspaso de poderes se hubiera efectuado de otra manera ella podría haber ocupado el despacho de su padre sin más complicaciones. Al fin y al cabo había sido ella la encargada de dirigir la empresa en los últimos años. Pero el testamento original de su padre, en el que le dejaba el control de la empresa a Evan, lo había complicado todo. Para empezar de nuevo necesitaba imprimir su propio sello en Lassiter Media, y por ello había decidido transformar la sala de juntas en su despacho y llevar la sala de juntas al despacho de su padre.

–Angelica –Suzanne Smith entró en la sala seguida por su socia, Boswell Cruz–, me alegro de volver a verte.

La expresión y el tono de Suzanne eran impecablemente profesionales, pero no podía ocultar el brillo de curiosidad en los ojos. Las disputas en el seno de la familia Lassiter habían inundado los medios de comunicación en los últimos meses. Era lógico que Suzanne se preguntará qué pasaría a continuación.

–Gracias por venir tan rápido –le dijo Angelica, estrechándoles la mano a las dos–. Hola, Boswell.

–Encantada de volver a verte, Angelica.

–Dime cómo podemos ayudarte –le dijo Suzanne.

–Me gustaría transformar esta sala en un despacho para mí.

Suzanne esperó un momento, pero Angelica no dio más detalles.

–Está bien –miró a su alrededor–. Siempre me ha encantado este sitio.

–Aquí tendré más luz por la mañana –dijo Angelica, repitiendo el motivo que había decidido dar para el traslado.

–La luz es importante…

–Y el viejo despacho de J.D. está más cerca de la recepción, por lo que servirá mucho mejor como sala de juntas –otra excusa creíble que nada tenía que ver con sus verdaderos motivos para hacer el cambio.

–¿Hay algo que quieras conservar del despacho de J.D.? ¿Algún mueble, alguna obra de arte…?

–Nada.

La mueca de Suzanne delató su sorpresa.

–Tal vez el mural del Big Blue –dijo Angelica, replanteándose su intención–. Se puede colgar en la nueva sala de juntas.

La pintura del rancho Lassiter en Wyoming había estado colgado en el despacho de J.D. más de diez años. Su traslado suscitaría muchos más rumores de los que ya circulaban sobre la decisión de Angelica de instalar su despacho en el ala opuesta del piso trece.

No le estaba dando la espalda a sus raíces. Y a pesar de lo que insinuaba la prensa amarilla había perdonado a su padre. O al menos lo acabaría haciendo, aunque no de golpe. Antes tenía que poner orden en sus emociones.

–¿Eso es todo? –preguntó Suzanne en un tono que no disimulaba del todo su desaprobación. Algunas de las piezas de J.D. eran antigüedades muy valiosas.

–Podemos guardar el resto en el almacén.

–Claro… ¿Qué tenías pensado para tu despacho?

–Mucha luz natural. Y plantas. Nada de cosas ultramodernas ni cromadas. Y tampoco nada de blanco, pero sí tonos claros, neutros… Por ejemplo, tonos tierra –se detuvo–. ¿Te parece un disparate?

–No, no, en absoluto –le aseguró Suzanne–. Es un buen punto de partida. Tienes mucho espacio aquí… Supongo que querrás un escritorio, una mesa de reuniones y unos sofás. ¿Te parece bien que incluyamos un mueble bar y un aseo?

–Solo si es algo discreto. Quiero que parezca una oficina, no el *loft* de un playboy.

Suzanne la miró horrorizada.

–¡Por supuesto que no!

–Sería agradable que pudiéramos ofrecer un refrigerio a las visitas.

–Hecho –dijo Suzanne–. Te prometo que será discreto.

La puerta se abrió y volvió a aparecer Becky.

–¿Señorita Lassiter? Lamento interrumpirla, pero su cita de las tres está aquí.

–Me marcho –dijo Suzanne–. A final de la semana tendrás los bocetos, ¿te parece bien?

–Perfecto –preferiría tener los bocetos en los próximos diez minutos, pero tenía que cultivar la paciencia, al igual que la compostura y el equilibrio entre el trabajo y la vida personal.

Antes de morir, su padre se había quejado de que ella se volcaba excesivamente en el trabajo y que dejaba de lado las otras facetas de su vida. Al dejarla fuera de Lassiter Media en su testamento la había obligado a replantearse su equilibrio.

Había progresado mucho y se había prometido que lo seguiría haciendo. Incluso estaba pensando en tener algún pasatiempo o practicar algún deporte. Yoga, tal vez. Las personas que hacían yoga parecían muy relajadas.

–Estaremos en contacto –dijo Suzanne, y ella y Boswell abandonaron la sala de juntas.

La puerta se cerró tras ellas y Angelica se tomó un momento para concentrarse. Su próxima reunión era con su íntima amiga Kayla Prince. Kayla estaba comprometida con Matt Hollis, ejecutivo de cuentas de Lassiter Media, por lo que estaba al corriente de todo lo sucedido en los últimos cinco meses.

Angelica sabía que muchos de los ejecutivos de la empresa temían que hubiera llevado la empresa al borde del abismo al aliarse con el tiburón Jack Reed para impugnar el testamento. Además, su obsesión por recuperar el control de la empresa había hecho mella en su vida personal y apenas había visto a Kayla y sus otras amistades. De modo que cuando se abrió la puerta estaba preparada para lo que fuera. Pero Kayla la sorprendió al correr hacia ella y abrazarla.

–Cuánto me alegro de que todo haya terminado… –se echó hacia atrás para observarla–. ¿Estás bien? Enhorabuena. Te merecías esto desde el principio. Vas a ser una directora formidable…

Aturdida y aliviada, Angelica la abrazó.

–Te he echado muchísimo de menos…

–¿Y de quién es la culpa? –le preguntó Kayla, riendo.

–Mía, todo ha sido culpa mía.

Kayla le frotó enérgicamente los brazos.

–Ya basta. No quiero volver a oírtelo decir.

Angelica se dispuso a protestar, pero en aquel momento vio a Tiffany Baines en la puerta.

–¿Tiff?

Tiffany abrió los brazos y Angelica corrió a abrazarla.

–Es genial verte en la oficina, Angie…

Angelica se echó hacia atrás y se puso seria.

–Hay mucho que hacer –miró a Kayla–. Muchas cosas que arreglar y muchas decisiones que tomar.

–Lo harás estupendamente –declaró Tiffany con convicción–. No hay nadie mejor que tú para dirigir Lassiter Media. El viejo te puso en una situación muy difícil.

–Pero yo podría haber respondido mejor.

–¿Cómo ibas a saber que se trataba de una prueba? ¿Y si no lo hubiera sido? ¿Qué habría pasado si tu padre hubiera perdido realmente el juicio y le hubiese dejado a Evan la empresa? Tenías todo el derecho a rebelarte.

–Creo que eres la única persona en el mundo que lo ve así –le dijo Angelica.

–Lo dudo. Pero no importa. Lo que importa es que vas a tener un éxito arrollador –sonrió con picardía y se giró hacia Kayla–. Vamos, díselo.

–Hemos fijado una fecha –dijo Kayla.

–¿Para la boda?

Kayla asintió.

–Es fantástico… ¿Cuándo? ¿Dónde? ¿Cómo?

Kayla se rio.

–A finales de septiembre. Ya sé que es muy pronto, pero ha habido una cancelación en el Esmerald Wave. Nos casaremos frente al mar en Malibú, como mi madre siempre soñó. Celebraremos la ceremonia en el acantilado… Será espectacular.

–Suena perfecto –dijo Angelica, ignorando los celos que le aguijoneaban el pecho.

Ella había perdido la boda de sus sueños. Tenía que aceptarlo. Y realmente se alegraba por su amiga.

–Ahora que por fin lo tenemos todo planeado, no puedo esperar ni un día más para casarme con Matt.

–Me lo imagino.

–Quiero que seas mi dama de honor.

Los celos fueron barridos por una ola de calor.

–Me encantaría –dijo, sorprendida y conmovida–. Después de todo lo que… –tuvo que hacer una pausa para recomponerse–. Es un detalle muy bonito que me lo pidas.

–¿Cómo no iba a pedírtelo? Eres mi mejor amiga. Siempre has estado ahí, y siempre lo estarás.

–Nos lo pasaremos bomba, las dos como damas de honor –exclamó Tiffany.

–Eso seguro –corroboró Angelica–. Es exactamente lo que necesito en estos momentos.

Estaba dispuesta a perdonar a su padre y honrar su memoria. ¿Qué mejor manera de equilibrar el trabajo y la vida personal que siendo dama de honor en la boda de una amiga?

La expresión de Kayla se oscureció.

–Hay un pequeño problema…

–¿Cuál?

–Matt va a pedirle a Evan que sea el padrino.

Angelica se tambaleó ligeramente. ¿Evan, padrino, siendo ella la dama de honor? ¿Los dos juntos, de punta en blanco, en una boda de ensueño con flores, encaje y champán, pero sin ser ellos los que se casaban?

Por un instante pensó que era incapaz de hacerlo. ¿Cómo podría sobrevivir a algo así?

–¿Angelica? –el tono de Kayla reflejaba su preocupación.

–Está bien –respondió débilmente–. No pasa nada –soltó una risita para disimular sus temores–. Es inevitable que nos crucemos mientras los dos vivamos en Los Ángeles, pero de verdad que no hay ningún problema… Voy a ser la mejor dama de honor que puedas tener.

La rosaleda de la mansión de su familia en Beverly Hills era el santuario particular de Angelica. Cinco años antes había hecho que construyeran el cenador para relajarse al final de un ajetreado día lleno de reuniones y pantallas de televisión. Allí, envuelta en una tranquilidad idílica y con una copa de vino, podía consultar los últimos índices de audiencia, leer las críticas de la programación, tomar notas de los éxitos y fracasos de la competencia y pensar en nuevas estrategias para las cadenas de Lassiter Media. Solo estaban en septiembre, pero los planes de contingencia para los inevitables reajustes que tendrían lugar en enero ya estaban en marcha.

Oyó unas pisadas en el camino de piedra que comunicaba el cenador con la casa y pensó que sería alguien del personal que iba a preguntarle si le apetecía cenar. No tenía mucha hambre y no quería abandonar aún la paz del jardín, así que les pediría que esperasen un poco.

—Hola, Angelica —una voz profunda e inconfundible le provocó un escalofrío en la espalda. Aferró con fuerza la copa de vino y giró la cabeza para comprobar que no estaba soñando.

Evan estaba en mitad del jardín, con una camisa gris abierta por el cuello y unos vaqueros descoloridos ceñidos a las caderas, sin afeitar y con sus ojos color avellana ensombrecidos por una expresión adusta e impenetrable.

—¿Evan? —los recuerdos la asaltaron de golpe. Habían hecho el amor muchas veces en aquel cenador, con la brisa nocturna acariciándoles la piel empapada de sudor, la fragancia de las rosas envolviendo sus cuerpos y el sabor del vino tinto en sus labios.

Dejó rápidamente la copa.

Evan avanzó un par de pasos y se detuvo a los pies de la escalera del cenador.

—Espero que estés lista para cumplir con tu papel de dama de honor.

Angelica se irguió en la silla.

–¿Por qué? ¿Kayla necesita algo? ¿Hay algún problema?

–Sí, un grave problema –hizo una pausa–. De lo contrario no se me habría ocurrido venir.

Sus duras palabras hirieron a Angelica en lo más profundo de su corazón. Evan no quería estar allí ni tener ningún tipo de contacto con ella. Era comprensible. También ella preferiría estar lejos de él, pero sus motivos eran muy distintos.

Desde la ruptura, cada vez que tenían que verse ella podía protegerse tras el rencor y el desprecio. Pero habiendo resuelto la situación lo único que le quedaba era un embarazoso sentimiento de culpa.

–¿Sabes que Matt y Kayla han aplazado su regreso de Escocia? –le preguntó él.

–Sí, Matt ha llamado hoy a la oficina. Se va a tomar unos cuantos días de vacaciones.

Matt y Kayla habían ido a Edimburgo en busca de unas importantes obras de arte para exhibirlas en la galería de Kayla. Al parecer, nada más llegar los habían informado de que un miembro del consejo tenía que aprobar personalmente el traslado de las piezas al extranjero, por lo que se habían visto obligados a viajar al norte del país para reunirse con él.

–Llevo todo el día intentando llamarlos –continuó Evan–. Pero ha sido imposible por culpa de la diferencia horaria y la mala cobertura que hay en el campo. Además, ¿qué podrían hacer ellos desde Escocia? Tendremos que ocuparnos nosotros.

–¿Ocuparnos de qué? ¿Qué ocurre, Evan?

Él apoyó el pie en el primer escalón, pero parecía reacio a entrar en el cenador.

–Ha habido un incendio en Esmerald Wave.

–Oh, no… ¿Ha sido grave?

–Bastante. Ha ardido la mitad de la cocina, pero por suerte no ha habido heridos.

Angelica se alivió al saber que todos estaban bien, pero enseguida se preocupó por Kayla.

–Solo quedan tres semanas para la boda…

–No me digas.

–Tenemos que encontrarles otro sitio.

–¿Vas a seguir repitiendo obviedades?

–¿Y tú vas a seguir siendo un imbécil?

–Angie… –el uso de su apelativo, pronunciado con una voz amable y suave, le provocó un estremecimiento por todo el cuerpo–. Ni siquiera he empezado a ser un imbécil.

Ella agarró la copa de vino.

–¿Qué quieres de mí, Evan?

Él subió los tres escalones y ocupó la entrada del cenador con su imponente metro noventa de estatura.

–Necesito tu ayuda. Hoy he ido a ver a Conrad Norville.

–¿Por qué? –¿qué tenía que ver el magnate del cine Conrad Norville con las reformas de una cocina?

–Para preguntarle si podíamos celebrar la boda en su mansión de Malibú.

La explicación desconcertó momentáneamente a Angelica. Pero tenía que admitir que era una buena idea. Conrad Norville poseía una fabulosa mansión en la playa de Malibú. El multimillonario setentón era famoso por su carácter arisco y excéntrico, pero su casa era una obra de arte.

–Es el único sitio de Malibú lo suficientemente grande para acoger a todos los invitados –añadió Evan.

–¿Qué te dijo?

–Sus palabras exactas fueron: «Por nada del mundo participaré en el circo de los Lassiter. Tengo una reputación que mantener».

Angelica se puso rápidamente en pie de guerra.

–¿Él tiene una reputación que mantener?

–No –replicó él–. Tiene una casa que queremos usar.

–Pero…

–No te pongas en plan arrogante.

–¡No soy arrogante!

–Lo que sea. No es el momento para enfrentarte a él.

–Ya te ha rechazado –señaló Angelica. ¿Qué importaba si se enfrentaba o no a Norville?

–Quiero volver a intentarlo. Por Matt y Kayla.

Angelica sintió curiosidad.

–¿Crees que puedes hacerle cambiar de opinión?

–Tenía la esperanza de que tú pudieras ayudarme a hacerle cambiar de opinión.

–¿Cómo? Apenas lo conozco. Y está claro que no le gusta mucho mi familia…

–Podríamos presentar un frente unido y aliviar sus temores. Demostrarle que no hay ningún problema entre nosotros y que los rumores sobre las luchas de poder son infundados.

No eran infundados. Cuando su padre le dejó a

Evan en herencia el control de Lassiter Media, su noviazgo había saltado por los aires y los dos habían librado una guerra sin cuartel por la empresa. Al final se supo que el propósito de J.D. solo había sido poner a prueba la lealtad de Angelica, pero las consecuencias habían sido nefastas para la relación que mantenía con Evan. La desconfianza había causado una herida tan profunda que jamás podría curarse.

Pero era la felicidad de Kayla lo que estaba en juego. O, más concretamente, la felicidad de la madre de Kayla. Angelica estaba segura de que Kayla se casaría con Matt donde fuera. De hecho, seguramente preferirían hacerlo en Cheyenne, donde tenían su casa. Pero la madre de Kayla llevaba esperando aquel día desde que nació su hija, y Kayla haría cualquier cosa por su familia.

–¿Me estás pidiendo que mienta? –le preguntó con dureza.

–Eso mismo –corroboró Evan.

–Por Kayla y Matt.

–Yo haría mucho más que mentir por Matt.

Angelica reconoció la inquebrantable determinación en su atractivo rostro. La experiencia le había demostrado que Evan era un rival formidable que no dejaba que nada se interpusiera en su camino.

–Me da miedo pensar lo lejos que podrías llegar para conseguir lo que quieres.

La expresión de Evan se endureció.

–¿Ah, sí? Bueno… los dos sabemos hasta dónde serías capaz de llegar tú, ¿no?

–Creía que estaba protegiendo a mi familia –se defendió ella. Al conocerse el testamento la única explicación que se le ocurrió era que su padre se había vuelto loco o que Evan lo había persuadido para que le dejara el control de Lassiter Media.

–¿Pensaste que tenías razón y que todo el mundo estaba equivocado?

–Eso me pareció.

Él avanzó hacia ella.

–Te acostaste conmigo, me dijiste que me querías… y luego me acusaste de robarte mil millones de dólares.

–Seducirme habría sido una parte de tu plan para hacerte con Lassiter Media.

–Tus palabras demuestran lo poco que me conoces.

–Supongo que sí –admitió Angelica, pero Evan pareció enfurecerse aún más.

–Se supone que debías conocerme y confiar en mí. Mi diabólico plan solo existía en tu cabeza.

–¿Cómo iba a saberlo en su momento?

–Podrías haber confiado en mí. Es lo que hacen las mujeres con sus maridos.

–No llegamos a casarnos.

–Por decisión tuya, no mía.

Se miraron el uno al otro durante unos segundos.

–¿Qué quieres que haga? –preguntó ella finalmente–. Sobre Conrad –añadió, al darse cuenta de lo ambigua que podía sonar su pregunta.

La sonrisa irónica de Evan se lo confirmó.

–Tranquila… Sé que nunca me preguntarías lo que quiero que hagas sobre nosotros –retrocedió un par de pasos–. Ven conmigo a ver a Conrad. Mañana por la noche. Finjamos que estamos juntos, que todo va estupendamente entre nosotros y que no hay razón alguna para preocuparse.

La sugerencia de Evan le revolvió el estómago a Angelica. Entre ellos no había nada que fuera estupendamente. Él estaba furioso y ella, apenada. Habiendo resuelto el conflicto de Lassiter Media, echaba en falta muchísimas cosas de su vida anterior.

–Claro –aceptó, empujando la tristeza al fondo de su alma–. Haré lo que sea necesario para ayudar a Kayla.

–Te recogeré a las siete. Ponte algo femenino.

Se miró la falda azul marino y la blusa blanca.

–¿Femenino?

–Ya sabes, algo con volantes o flores. Unos zapatos elegantes… Ah, y también podrías rizarte el pelo.

–¿Rizarme el pelo?

–Conrad es un tipo chapado a la antigua, Angelica. Le gustan las mujeres de otro tiempo.

–¿De cuándo? ¿De los años cincuenta?

–Más o menos.

–¿Quieres que me ponga a batir las pestañas y a sonreír como una tonta para que Kayla y Matt tengan un lugar donde casarse?

–Sí, justamente.

Angelica estaba dispuesta a hacerlo por su mejor amiga, pero eso no significaba que le gustara.

–¿Tendré también que aferrarme a tu brazo?

–Aférrate a lo que quieras. Pero procura que sea creíble –dicho aquello, Evan se giró sobre tus talones, abandonó el cenador y se alejó por el camino.

Capítulo Dos

En el vestíbulo de la mansión Lassiter, Evan veía como una transformada Angie descendía majestuosamente la gran escalinata.

Hermosa, femenina y engañosamente dulce, con los cabellos recogidos y unos mechones sueltos acariciándole los hombros como una cortina de seda color castaño.

–Vas de rosa –observó.

–¿Y ahora quién está diciendo obviedades? –bajó los dos últimos escalones y Evan se fijó en las sencillas zapatillas blancas que hacían juego con el pequeño bolso bajo el brazo.

–Nunca te había visto de rosa –el vestido se le ceñía al busto, con mangas casquillo y una amplia falda de seda con bajo fruncido. Con sus pendientes de diamante y el colgante de oro alrededor del cuello realmente parecía una estampa de los años cincuenta.

–Odio el rosa –declaró ella. Sonrió forzadamente y se giró ante él–. Pero quizá este vestido pueda ayudar a que Kayla celebre su boda en Malibú.

Evan no estaba seguro de eso, pero sí que estaba consiguiendo que su cuerpo reaccionara…

–Vamos allá.

Él le ofreció el brazo, pero ella no lo aceptó y se adelantó para abrir la puerta y salir al porche.

–Tenemos que hacerle creer que somos amigos –le advirtió él, bajando los escalones tras ella.

–Se me da bien actuar –dijo ella.

Evan pasó a su lado para abrirle la puerta del coche.

–¿Podrás mantener la compostura cuando empiece a criticar a tu familia?

–Claro que sí.

–¿Angie?

–No me llames así –espetó ella, mirando al frente.

–¿Cómo quieres que te llame? ¿Señorita Lassiter?

–Mi nombre es Angelica.

Él esperó un momento, hasta que ella lo miró.

–Para mí no –repuso. Cerró la puerta y rodeó el coche para sentarse al volante.

Los dos guardaron silencio mientras Evan tomaba la carretera del Pacífico.

–Puedes hacerlo por una noche –le dijo ella un rato después.

–¿Hacer qué? –se preguntó si sería consciente de todas las connotaciones eróticas que podrían extraerse de sus palabras.

–Llamarme Angie –respondió ella, sacándolo de sus fantasías.

–¿Puedo llamarte Angie por una noche?

–Mientras estemos en casa de Conrad Norville fingiendo que todo va bien, pero nada más.

–No creo que puedas controlar cómo te llamo.

–Pero sí lo que llamarte a ti –murmuró ella en tono desafiante.

–Llámame lo que quieras.

–¿Qué te parece «incompetente» e «irresponsable»?

–¿Perdona? –la miró–. ¿Piensas insultarme delante de Norville?

–Delante de Norville no. Esta mañana recibí una llamada de alguien que buscaba referencias de tu trabajo en Lassiter Media.

–¿Quién? –preguntó Evan inmediatamente.

–Lyle Dunstand, de Eden International.

A Evan se le formó un nudo en el estómago.

–¿Serías capaz de socavar mi negocio? –le preguntó en tono incisivo.

Ella tardó un momento en contestar.

–Relájate, Evan. Les he dicho que habías hecho un trabajo magnífico dadas las circunstancias, que habías expandido la empresa a Inglaterra y Australia y que no había nadie con un instinto como el tuyo para las personas. Intento tratarte con respeto y profesionalidad. Lo mismo podrías hacer tú por mí.

–No le he dado a nadie tus datos de contacto –le aseguró él–. Confiaba en que dejaran en paz a los Lassiter.

–Eso es imposible. Has pasado varios años con nosotros y sabes cómo es –se giró hacia él–. Así que vuelves a abrir la consultoría…

–Tengo que ganarme la vida.

–Mi padre te dejó un montón de dinero.

Evan soltó una fría carcajada.

–Ni loco tocaría el dinero de los Lassiter.

–¿Estás furioso con él?

–Claro que estoy furioso con él. Me usó. Jugó conmigo como si fuera un peón en una partida de ajedrez y me fastidió la vida.

–Seguramente pensaba que estaríamos casados para cuando él muriera.

Evan giró la cabeza para volver a mirarla.

–¿Y eso lo justifica? Me puso al frente de la empresa solo para poner a prueba tu lealtad, y luego me arrebata el puesto para dejarme… ¿dónde? ¿A la sombra de mi mujer?

–¿Insinúas que para ti sería un problema trabajar para mí? Si estuviéramos casados, quiero decir.

–Sí.

–¿Y sin embargo te parecería bien que yo trabajase para ti?

–Puede que no sea lógico ni justo, pero sí, no tendría problemas con eso.

–¿Quién parece ahora de los años cincuenta?

–Esta discusión no tiene ningún sentido. Nada de eso va a ocurrir.

–Porque tú y yo nunca nos casaremos.

–De nuevo diciendo obviedades, Angie…

–Angelica.

–Has dicho que podía llamarte así por una noche.

***

Se encontraron con Conrad en el gran salón de la ostentosa residencia, cuyo tamaño y lujo impresionaron a Angelica a pesar de haber vivido en la mansión de los Lassiter.

Conrad le estrechó la mano a Angelica y examinó con ojo crítico el vestido, pero no hizo ningún comentario.

–Tu familia lleva bastante tiempo saliendo en las noticias –dijo. Le hizo un gesto a un mayordomo y este se adelantó portando una bandeja con bebidas.

–Las cosas ya están más tranquilas –respondió Angelica, colocándose junto a la puerta abierta para disfrutar de la brisa marina–. Creo que todos estamos listos para seguir adelante.

–No es conveniente recibir tanta atención por parte de la prensa –Conrad tomó una copa de cristal con dos dedos de líquido ambarino.

–A nadie le gusta convertirse en el centro de atención mediática –corroboró Angelica. El mayordomo le ofreció una copa y ella la aceptó.

Conrad era dueño de una destilería en Escocia. Ella odiaba el whisky, pero se lo bebería.

–¿Tu padre estaba loco? –preguntó Conrad, mirándola fijamente.

Habían intentado ocultar los detalles del testamento de J.D., pero Conrad era un hombre con muchos recursos y podía averiguar cualquier cosa de la familia.

Evan se adelantó antes de que ella pudiera contestar.

–J.D. Lassiter amaba a su familia por encima de todo. Es una de las cosas que más admiraba de él.

–Mis hijastros son unos chupasangres –dijo Conrad, mirando a Evan–. Un par de fracasados sin cerebro.

Angelica miró a Evan, pero él parecía haberse quedado en blanco.

–Lamento oírlo –dijo ella para romper el incómodo silencio–. ¿Viven aquí, en Malibú?

Conrad soltó una áspera carcajada.

–Ni siquiera pueden permitirse su propia casa. Al menos no la clase de casa que creen merecer –vació la copa de un trago y Angelica tomó un pequeño sorbo. Era whisky de malta, en efecto. Le abrasó el paladar.

Evan se bebió la suya de un trago.

–Están en Mónaco –Conrad le indicó al mayordomo que sirviera otra ronda–. Solo les interesan las carreras de coche, las chicas y las fiestas.

–Kayla Prince tiene una galería de arte –dijo Evan, arrimándose a Angelica. Seguramente intentaba aparentar que seguían siendo una pareja unida.

–¿Uno de esos sitios refinados para la gente que se cree muy culta? –preguntó Conrad–. Siempre están intentando que me gaste millones de dólares en una basura moderna. No sé ni lo que representan esos cuadros. Por mí podría haberlo hecho un mono y no notaría la diferencia.

–Una vez compré una acuarela pintada por un elefante –dijo Angelica. El instinto la acuciaba a defender a Kayla, pero no podía arriesgarse a discutir con Conrad. Era mejor distraerlo con un cambio de tema.

Evan la miró con extrañeza.

–¿Y qué había pintado?

–Líneas azules y rosas. El elefante se llamaba Sunny. Me costó quinientos dólares.

La confesión le arrancó una sonrisa de los labios a Conrad.

–Seguramente tenía más talento que muchos de esos artistas que venden sus obras por millones de dólares. El mes pasado uno de los chicos fue a una subasta de arte y estuve a punto de tener que hipotecar mi casa.

Angelica miró alrededor, pensando en qué clase de obra costaría tanto como aquella casa.

El mayordomo regresó con más copas y Evan aprovechó que Conrad estaba distraído para beberse discretamente el whisky que Angelica apenas había tocado. Ella agradeció el gesto e intentó rechazar una segunda copa, pero Conrad insistió y no le quedó más remedio que aceptar y alabar el whisky.

–Supongo que querrás ver la terraza –le dijo Conrad a Angelica en tono desganado.

–Me encantaría.

–Bien, pues salgamos. Evan me ha dicho que vas a convencerme de que el escándalo ha terminado y que no pasa nada por relacionarse con los Lassiter.

–El escándalo ha terminado –insistió ella.

Salieron a la terraza y al instante se encendieron unas luces estratégicamente colocadas.

–¿Estás al mando de la empresa? –le preguntó Conrad.

–Así es.

Conrad miró a Evan.

–Está al mando –confirmó él–. Y hará un trabajo magnífico.

Angelica sabía que Evan solo estaba actuando, pero sus palabras le llegaron al corazón.

–Angelica, mientras decido si prestaros o no mi casa, ¿qué dirías si te dijera que Norville Productions ha rodado una serie que sería perfecta para que la emitiera una de las cadenas de Lassiter Media?

–Le diría que en Lassiter Media siempre nos hemos ocupado de nuestra propia programación.

–¿Y si te recordara que tengo algo que te interesa?

Angelica lo pensó un momento.

–No puedo ofrecerle un *quid pro quo,* pero me comprometo a presentar su propuesta a la junta directiva.

–¿Sin promesas?

–Le prometo que la estudiaremos detenidamente –le dijo con toda sinceridad. Que nunca hubieran emitido programas de terceros en Lassiter Media no significaba que no pudieran hacerlo en el futuro.

–¿Y tus hermanos? –preguntó Conrad, tomando otro trago de su nueva copa–. ¿Saben ellos también que el escándalo ha terminado?

–Lo saben. Cada uno está comprometido con la empresa a su manera.

–¿Pero no en el sector de la comunicación?

–No de manera regular, pero toda la familia está unida –estaba exagerando un poco, pues aún había obstáculos que superar. Pero Angelica sabía que sus hermanos jamás hablarían mal en público de la familia.

–¿Y Jack Reed? –preguntó Conrad, haciéndole otro gesto al mayordomo.

Angelica ni siquiera había tocado su segunda copa. Por suerte, Evan volvió a aprovechar la distracción de Conrad para cambiarle la copa y bebérsela el.

–Jack está fuera de todo esto. Su papel provocó una gran confusión al principio, pero también él cumplía con la voluntad de mi padre.

Conrad arqueó una ceja.

–¿Tu padre quería que su empresa fuera vendida y hecha pedazos?

El mayordomo regresó y todos cambiaron las copas vacías por otras llenas.

–Mi padre lo dispuso todo para ponerme a prueba –respondió honestamente Angelica–. Quería que me planteara la lealtad a mi familia si se presentaba esa posibilidad.

Conrad esbozó una sonrisa torcida.

–Un viejo muy astuto, ¿no?

–Se podría decir que sí.

–Todo el mundo pasó la prueba con buena nota –intervino Evan–. La familia permaneció unida y Lassiter Media seguirá prosperando.

–A mí me parece que tardaron bastante en reconciliarse –observó Conrad.

Evan se encogió de hombros y tomó un trago de su quinto whisky.

–A veces se tarda en hacer lo correcto.

Conrad se echó a reír.

–Primero se analiza la situación –continuó Evan–.

Luego se decide lo que se quiere hacer y lo que es mejor hacer. La única decisión que cuenta es la última.

Angelica se obligó a beber un poco. Necesitaba algo para contrarrestar la reacción que Evan le estaba provocando con su aparente sinceridad al defenderla.

–¿Y qué me decís de vosotros dos? –preguntó Conrad, mirando a uno y a otra.

–Somos amigos –respondió Evan simplemente.

–No, no lo sois –replicó Conrad con el ceño fruncido y una convicción que dejó petrificada a Angelica.

Los había descubierto…

–En una relación como la vuestra –continuó él–, o se ama o se odia. No hay punto medio.

–No puede creer todo lo que dicen los periódicos –objetó Evan.

–No se trata de lo que lea, sino de lo que veo. Las fotos me dicen hasta qué punto habéis estado enfrentados –los apuntó con una mano llena de arrugas–. No soy estúpido. Puede que ahora os llevéis bien, pero todo podría saltar por los aires en un santiamén. Y si la historia llega a la prensa mi casa será el centro de un escándalo.

–Tiene razón –admitió Evan. Angelica lo miró con perplejidad, pero él le apretó la mano para tranquilizarla–. La verdad es que estamos pensando en volver a estar juntos.

Se llevó la mano de Angelica a los labios y la besó delicadamente en los nudillos, provocándole un hormigueo por el brazo y el cuerpo. Angelica tuvo que hacer un enorme esfuerzo para disimular la reacción.

–No te creo –espetó Conrad–. Nadie puede mantener algo así en secreto.

–Nosotros sí –declaró Evan en un tono que no dejaba lugar a dudas–. Mírela, Conrad… Tendría que ser ciego y estúpido para renunciar a ella.

Conrad escrutó a Angelica con la mirada, y ella se esforzó por mantenerse inmóvil y parecer una chica de los años cincuenta. La clase de chica dulce y encantadora a la que se le podía perdonar todo.

Conrad apuró su copa y Evan lo imitó.

–En eso te doy la razón…

–Creo que ya has bebido bastante, cielo –le dijo Evan a Angelica. Se apresuró a quitarle la copa y a vaciarla de un trago. Angelica se concentró en mantener la calma y dar la imagen de una mujer serenamente enamorada.

–Qué diablos… –la expresión de Conrad se relajó por primera vez desde que llegaron.

–No soy estúpido –dijo Evan.

–Supongo que no. Entonces… ¿no tengo nada de qué preocuparme?

–Puede estar tranquilo de que no habrá ningún escándalo.

–¿Para cuándo decías que era la boda?

–El último fin de semana del mes.

–¿De este mes?

–Sé que es muy precipitado, pero ya le hablé del incendio en el Esmerald.

–Nos haría falta contratar personal extra y más seguridad.

–Nosotros nos ocuparemos de todo –le aseguró Evan.

Angelica contuvo la respiración hasta que Conrad asintió.

–De acuerdo.

–Gracias, muchas gracias –Angelica le agarró la mano con las suyas y se la sacudió con deliberado entusiasmo–. Kayla se pondrá muy contenta.

–Sí, sí –Conrad rechazó los agradecimientos y pareció encerrarse en sí mismo.

–Ya le hemos robado demasiado tiempo –dijo Evan, apurando su última copa–. Muchas gracias, señor. ¿Hay algún miembro de su personal con el que podamos ponernos en contacto?

–Albert os dará una tarjeta de visita.

El mayordomo, que había permanecido a poca distancia, se acercó para entregarle una tarjeta a Evan.

–Buenas noches, Conrad –se metió la tarjeta en el bolsillo y le estrechó la mano a Conrad.

El anfitrión le dedicó una sonrisa de despedida a Angelica.

–Supongo que nos volveremos a ver muy pronto.

–Desde luego –afirmó Angelica–. Estoy impaciente.

Evan le puso una mano en el trasero y la llevó hacia el vestíbulo. Nada más salir se inclinó hacia ella para susurrarle al oído.

–Has estado formidable.

–¿Estás bien?

–¿Por qué lo preguntas?

–Te has tomado seis whiskies…

–Ah, sí… Bueno, me pareció una buena estrategia emborracharme un poco… y no podía arrojarte a los lobos –resopló profundamente mientras se acercaban al coche–. Pero la verdad es que estoy un poco mareado… Creo que deberías conducir tú.

–No me digas…

Él se sacó las llaves del bolsillo.

–¿Sabes cambiar las marchas?

–Claro.

–Es una máquina muy inquieta –le advirtió él.

Angelica estaba de espaldas a la puerta del coche y no pudo evitar sonreír.

–Me las arreglaré.

Evan se quedó callado y entonces ella se percató de lo cerca que estaba. El calor de su cuerpo la envolvía y su irresistible olor varonil la atraía en contra de su voluntad. La reacción de su cuerpo a Evan no había cambiado ni ápice, a pesar de todo.

Y eso no era nada tranquilizador.

–Lo digo en serio –le dijo él en voz grave y profunda–. Lo has hecho muy bien ahí dentro.

–Tú también –le respondió ella con sinceridad.

Evan se acercó un poco más.

–Hacemos un buen equipo… tú y yo.

–Has bebido, Evan.

–Un poco…

–El alcohol se te ha subido a la cabeza.

–Mi cabeza está perfectamente. Eres increíble, Angie. Y me moría por hacer esto… –antes de que ella pudiera reaccionar, la estaba besando en los labios.

Una explosión de luz y color le anegó los sentidos. El beso se prolongó unos minutos hasta que Evan se apartó, dejándola sin aliento y aturdida.

–¿De verdad que el whisky no se te ha subido a la cabeza, Evan? –murmuró secamente, extendiendo la mano para que le entregara las llaves.

Él sonrió y se las puso en la palma.

–Te aseguro que no.

La cafetería al aire libre de la planta veintisiete del edificio de Lassiter Media abría normalmente para los ejecutivos, pero aquel día estaba cerrada para la reunión privada de Angelica con sus hermanos y su primo. Los cuatro juntos controlaban el conglomerado empresarial.

Chance y Sage habían acudido desde Wyoming, donde Chance se ocupaba del rancho Big Blue y Sage dirigía su propia empresa. Por su parte, Dylan se ocupaba del Lassiter Grill Group. Sentados junto a la fuente, Dylan descorchó una botella de uno de los mejores vinos del Lassiter Grill, mientras Chance le contaba a Sage las aventuras de un par de vaqueros del rancho.

Pero Angelica no podía aguantar más. Necesitaba aclarar las cosas de una vez por todas.

–Antes de continuar… ¿me permitís que me disculpe, por favor? –todos la miraron en silencio–. Esto no es una celebración –le recordó a Dylan, y se obligó a mirar a cada uno. A Chance, con su rostro duro y curtido; a Dylan, con su pronta sonrisa y ojos llenos de compasión; a Sage, con su expresión fría e inescrutable–. Dejadme que lo expulse, por favor. Me siento terriblemente mal por lo que os he hecho.

Dylan fue el primero en hablar.

–No ha sido culpa tuya.

–Claro que sí.

–Fue una sorpresa para todos y a ti te tocó la peor parte –dijo Chance–. No sé qué habría hecho yo si me hubiera visto en tu lugar.

–Te habrías largado sin dar problemas –le respondió Angelica a su primo, y miró también a sus hermanos–. Si J.D. os hubiera excluido de su testamento, lo habríais aceptado sin más.

–No habría sido ninguna sorpresa –dijo Sage–. Con ninguno de nosotros tenía tan buena relación como contigo.

–Querrás decir que a ninguno mimaba tanto como a mí.

–Te quería –dijo Dylan–. Te quería y tú sabías que siempre se preocuparía por ti. Pero él no lo hizo, o al menos no pareció que lo hiciera.

–Era su dinero y su empresa. Podía dejárselos a quien quisiera –tragó saliva con dificultad–. Yo tendría que haberlo aceptado sin rechistar.

Sage le puso una mano en el hombro.

–No seas tan dura contigo misma, hermanita.

El inesperado y cariñoso apelativo hizo que se le

llenaran los ojos de lágrimas. Sage no era uno que de-
mostrara fácilmente sus emociones.

–Lo siento mucho –balbució.

–Tranquila –dijo Dylan–. Ya ha pasado todo.
Aceptamos tus disculpas.

Sage y Chance asintieron.

–Somos una familia –dijo Chance–. Tenemos que
permanecer unidos.

El afecto que se reflejaba en sus rostros hizo que
Angelica se sintiera mejor. Sus temores se aliviaron y
consiguió esbozar una sonrisa.

Dylan empezó a servir el vino.

–Ni siquiera sé por qué me dejó el veinticinco por
ciento de Lassiter Media –le dijo Sage a Angelica–.
Ya tengo bastante trabajo con Spence Enterprises. Te
cederé mis acciones cuando quieras.

–No, de eso nada. No voy a seguir contraviniendo
la voluntad de nuestro padre. Te dejó una parte importante de Lassiter Media y eso no va a cambiar. Supongo que quería asegurarse de que te sintieras uno más
de la familia. Y además, tendré que pedirte consejo de
vez en cuando.

Sage sonrió.

–No necesitas mis consejos para dirigir Lassiter
Media. Es Evan el que… –se calló y puso una mueca
de disculpa.

–Puedes decir su nombre –dijo Angelica.

–¿Has hablado con él? –le preguntó Dylan, tendiéndole una copa de vino–. Desde que volviste a la
empresa, quiero decir.

–Sí. Hablamos ayer.

Los tres hombres parecieron sorprendidos por la noticia y esperaron que les diera más detalles.

–Kayla y Matt van a casarse a final de mes y vamos a guardar las apariencias por ellos –explicó Angelica.

Un silencio siguió a sus palabras.

–Somos amigos… –empezó, pero enseguida se dio cuenta de que no tenía sentido mentirle a su familia–. Está bien, no somos amigos. Nos hemos hecho tanto daño que no podríamos ni pensar en perdonarnos. Pero sí que podemos fingir ser amigos… Y eso tenemos que hacer, por Kayla y por Matt.

–¿Quieres que hablemos con él? –preguntó Sage.

Angelica soltó una carcajada.

–¿Para decirle qué?

–Que no se pase o… –murmuró amenazadoramente Chance.

–Ya basta –ordenó ella–. Evan siempre os ha gustado. Hubo un tiempo en el que os gustaba más que yo.

–Eso nunca –replicó Dylan.

–No pasa nada –volvió a asegurarles ella–. Pero gracias. Gracias por vuestra preocupación y apoyo.

Dylan levantó su copa y todos lo imitaron.

–Este brindis se ha hecho esperar… Por J.D.

–Por J.D. –repitieron los demás.

–Por papá –susurró Angelica, y sintió que su corazón empezaba a sanar al tomar el primer sorbo.

Capítulo Tres

−¿Por qué sigues aquí? −le preguntó Evan a Deke cuando dejaron de correr por el paseo marítimo de Santa Mónica y se detuvieron a un par de manzanas del edificio de Evan.

−Estoy ayudando −respondió Deke con voz jadeante mientras se abría camino entre la multitud de turistas, músicos callejeros y patinadores en dirección hacia el puesto de bebidas.

Evan lo siguió porque se moría de sed.

−No estás ayudando para nada.

−Esta mañana he conseguido un buen cliente.

−Lo he conseguido yo. Tú solo respondiste al teléfono.

−Ofrezco un servicio excelente… Dos limonadas con mango, por favor −le pidió al quiosquero.

−¿Cómo sabes que quiero una limonada de mango?

−¿Prefieres otra cosa?

−Me da igual.

−¿Entonces por qué te quejas?

−Porque me gustaría tener un poco más de control sobre mi vida.

−Un poco más de control sobre Angelica Lassiter, querrás decir.

–¿Cómo has dicho?

–Te sientes sexualmente frustrado y lo estás pagando conmigo.

El quiosquero sonrió mientras le daba el cambio a Deke.

–No estoy sexualmente frustrado –protestó Evan. Si no tenía vida sexual era por decisión propia.

–Deseas a Angelica pero no puedes tenerla. Por eso estás tan irritable.

–Eh, anoche la besé. Y ella a mí.

El quiosquero se había girado para preparar las limonadas.

–¿Dónde la besaste?

–En casa de Conrad Norville.

–¿Por encima o por debajo de la cintura?

–Ja, ja.

–¿Y qué significado extraes? –lo acució Deke, poniéndose serio.

Evan se encogió de hombros, arrepintiéndose de haber compartido aquella información.

–No lo sé –admitió. No significaba nada. Era un estúpido por haberlo mencionado. Angie le había devuelto el beso, pero solo porque la había pillado desprevenida, no porque quisiera convertirlo en algo memorable. Su enojo posterior así lo demostraba.

El quiosquero puso las bebidas en el mostrador y cada uno tomó la suya.

–¿Cuándo vas a volver a verla? –le preguntó Deke.

–Dentro de una hora. El Esmerald Wave ha enviado por fax los planes de boda a Matt y Kayla. Tenemos que hablar con la florista, el pastelero, los músicos y el nuevo servicio de catering.

—¿Sabe Matt lo del incendio?

—Ahora sí. Esta mañana he recibido un mensaje suyo. Parece que tardarán un par de días más en volver —se sentó en un banco frente al mar y tomó un largo y reconfortante trago.

Deke se sentó a su lado.

—No la verás en Lassiter Media, ¿verdad?

—Claro que no —exclamó Evan. El edificio de Lassiter Media era el último lugar de la Tierra donde querría estar.

—¿Quieres que vaya contigo?

La primera reacción de Evan fue sonreír.

—¿Crees que necesito protección con Angie?

—Creo que es ella la que necesita protección contigo…

—Está todo bajo control —afirmó Evan.

Solo tenía que separar su reacción emocional ante Angie de la comprensión racional de la situación. Y podía hacerlo sin problemas. La falta de confianza que Angie le había demostrado había acabado con cualquier posibilidad de ser una pareja. Pero eso no significaba que no siguiera siendo tan sexy y atractiva como siempre. Era lógico y natural que Evan pudiera imaginársela desnuda al detalle.

—Acabas de decirme que la besaste.

—No fue nada.

—¿Besar a tu exnovia no es nada?

—Fue un desliz. Estábamos los dos solos, frente a

frente… –tuvo que esforzarse para no perderse en el sugerente recuerdo.

–¿Y si os volvéis a encontrar hoy los dos solos frente a frente?

–Eso no pasará.

Deke se echó a reír.

–Sabes a lo que me refiero.

Evan tomó otro trago. El sol le calentaba la cabeza y la nuca, empapadas de sudor. Los gritos de los niños se elevaban desde la playa, y el aire húmedo y salado le impregnaba los pulmones.

–Voy a acompañarte –declaró Deke–. Y después iremos a alguna disco a bailar con un par de mujeres guapas.

El primer impulso de Evan fue negarse, pero Deke tenía razón. Si no cortaba de cuajo la atracción que Angie le provocaba lo pasaría muy mal. En cuanto hubieran resuelto la boda de Matt y Kayla cada uno seguiría su camino. Fantasear con ella solo serviría para retrasar su recuperación.

–Está bien –aceptó–. Lo que tú digas.

–Gracias por ayudarme con esto –le dijo Angelica a Tiffany al aparcar su deportivo azul junto al Terrace Bistro, el local donde se había citado con Evan.

–¿Por qué me das las gracias? –preguntó Tiffany–. Es mi trabajo, y Kayla me necesita. Y de ninguna manera te dejaría sola con Evan.

–Anoche estuve sola con él.

Y por nada del mundo volvería a hacerlo. El beso la había dejado profundamente turbada. Debería haberle provocado extrañeza, incomodidad, rechazo… Pero en vez de eso lo había sentido como algo familiar y natural.

–¿Estás bien, Angie? –le preguntó Tiffany, tocándole el brazo.

–Sí, muy bien –apagó el motor y puso el freno de mano, pero entonces la invadió una ola de inquietud y tuvo que aferrarse con fuerza al volante.

–¿Angie?

–Ya está todo superado –respondió ella, soltando el volante–. Y él también lo ha superado. Vamos.

–Te besó, ¿no? –Tiffany ya había oído toda la historia.

–Fue un… No sé lo que fue, pero no fue un beso normal. Él estaba recalcando algo, o quizá solo quería provocarme.

–Bueno, aquí estoy yo por si intenta pasarse de nuevo.

–Gracias, pero no lo hará. Y aunque intentara algo no conseguiría nada. Para mí es un tipo cualquiera.

–Si tú lo dices… –murmuró Tiffany, no muy convencida.

–Lo digo –insistió Angelica con convicción.

Al entrar en el restaurante vio a Evan sentado en un rincón. Sus miradas se encontraron y sintió que el estómago le daba un brinco, perdiendo toda esperanza de poder fingir que se trataba de otro hombre. Era Evan. Nunca sería un tipo cualquiera.

Enseguida se dio cuenta de que no estaba solo.

–¿Quién es ese? –susurró Tiffany tras ella.

–¿Deke? –preguntó Angelica en voz alta, acelerando el paso. Solo había visto al amigo de Evan en un par de ocasiones, pero siempre le había gustado. Era un poco más bajo que Evan y tenía el pelo oscuro. Era muy atractivo y una de las personas más listas que Angelica había conocido.

Deke se levantó y le dedicó una amplia sonrisa.

–Angelica –le dio un caluroso abrazo.

–¿Qué haces en Los Ángeles?

–Me aburría un poco… –se fijó en Tiffany y Angelica los presentó rápidamente.

–Esta es Tiffany, la otra dama de honor de Kayla.

Deke le ofreció la mano a Tiffany y Angelica se apartó para que se saludaran. Entonces se dio cuenta, demasiado tarde, de que el brusco movimiento la obligaba a sentarse junto a Evan. No podía echarse para atrás sin parecer ridícula, y además, Deke ya estaba invitando a Tiffany a sentarse a su lado.

Resignada, tomó asiento y colocó el bolso en el asiento como una barrera entre ambos.

–Veo que has traído refuerzos –le comentó Evan en voz baja.

–Tú también.

–Deke está pasando unos días conmigo.

–¿En Pasadena?

–He vendido la casa de Pasadena.

Angelica se sorprendió.

–¿En serio? ¿Cuándo? ¿Por qué?

–La semana pasada.

–Pero te encantaba esa casa…

–En estos momentos me hace más falta el dinero que una casa tan grande.

–Pero tienes…

–No voy a tocar ese dinero, Angie.

–¿Estarías dispuesto a ir a la ruina por una cuestión de principios?

–No estoy en la ruina. Pero sí, lo haría por principios.

–¿Qué quieres decir?

–Quiero decir que, a diferencia de otras personas, me mantendría fiel a mis principios incluso cuando no fuese lo más ventajoso para mí.

–Yo me mantengo fiel a mis principios –se defendió ella. Uno de ellos era proteger Lassiter Media a toda costa.

–¿Como el de respetar a tu padre, por ejemplo?

–Yo que tú cerraría la boca, Evan –le advirtió Tiffany en tono suave desde el otro lado de la mesa.

Deke se rio por lo bajo. En ese momento se acercó una camarera y Angelica le dedicó agradecida su atención.

–Nuestros menús más populares son el mediterráneo, el sudoccidental y el continental –les entregó algunas hojas de papel–. Les dejaré unos minutos para que se decidan y luego les hablaré de los vinos.

Angelica miró confundida a Tiffany. ¿Qué clase de restaurante era aquel? ¿Por qué no podían pedir directamente del menú?

–Gracias –dijo Evan–. Te avisaremos con lo que decidamos.

–¿Habías estado aquí antes? –le preguntó Angelica cuando la camarera se alejó.

–Nunca. Pero a estas alturas no nos quedan muchas opciones de catering para la boda –le aclaró Evan.

Ella pestañeó un par de veces y bajó la mirada a las hojas, donde estaban enumerados los precios por invitado y por plato.

–Creía que habíamos venido a cenar y que habías traído la información del Esmerald Wave para discutirla.

–Y lo he hecho. Pero también vamos a probar el menú del catering.

–Suena interesante –intervino Tiffany.

–Por mí, estupendo –añadió Deke–. Se me da muy bien comer.

Tiffany sonrió y le echó una mirada de reojo.

–Podrías habérmelo dicho –dijo Angelica, avergonzada por su confusión.

–Creía habértelo dicho cuando hablamos por teléfono. A lo mejor no me escuchaste… Mediterráneo, sudoccidental o continental.

Angelica no lo creyó, pero lo dejó pasar y se puso a examinar los menús.

–Yo voto por el continental –dijo Tiffany.

–Estaría más tranquila si supiéramos lo que quería Kayla.

–Matt ha respondido finalmente a mi mensaje –dijo

Evan–. Dice que gracias y que confía en nuestro criterio. Estarán encantados con lo que podamos hacer antes de que vuelvan. Apenas se le escuchaba, pero creo que dijo algo de que el foso se había inundado.

–¿El foso?

–La única explicación lógica es que estén alojados en algún castillo perdido de Escocia. Las tormentas son terribles en el Mar del Norte. No creo que puedan volver hasta dentro de unos días, así que todo depende de nosotros.

–Yo estoy de acuerdo con Tiffany –dijo Deke.

Evan levantó la mirada.

–No me extraña. Llevas tonteando con ella desde que llegó –miró fijamente a Tiffany–. Mucho cuidado con él.

Ella sonrió.

–El sudoccidental es un poco excesivo –comentó Angelica. Y la decoración de la casa de Conrad se prestaba a algo más intelectual.

–A Matt no le gusta mucho el mediterráneo –observó Evan. Así que solo nos queda el continental.

–Perfecto.

–¿Vinos del viejo mundo?

–De eso nada –rechazó Angelica–. Vinos de California.

Evan sonrió sin mirarla. Sabía muy bien que la familia Lassiter tenía muchos amigos en el negocio vinícola de Napa Valley.

–¿Estás intentando provocarla? –le preguntó Deke.

–¿Es que no puedo ni bromear siquiera? –protestó él, fingiéndose ofendido.

Tiffany levantó una mano para avisar a la camarera.

–Parece el momento oportuno para catar los vinos.

–Me gusta tu manera de pensar –murmuró Deke.

Tras una breve consulta con la camarera, eligieron varios vinos y una selección de aperitivos, entrantes y postres del menú continental. Todo resultó estar delicioso.

–Lo mejor que he probado en mi vida –dijo Angelica al degustar un aperitivo de trucha ahumada con brie envuelta en hojaldre y aderezada con pasta de especias.

–Prueba las gambas –le animó Tiffany–. Estoy llena, pero no puedo parar…

–A mí me haría falta comida de verdad –se quejó Evan.

–Pide que te traigan el pato o el cordero –le sugirió Angelica–. Pero me temo que tendré que confiar en tu gusto, porque no podría comer ni un bocado más.

–¿De verdad confiarías en mí? –preguntó él con sarcasmo.

Ella se dispuso a responderle como se merecía, pero al ver el brillo de sus ojos recordó cuánto había disfrutado siempre con su sentido del humor. Tenía que dejar de ser tan susceptible.

–Siempre que no intentes robarme lo que es mío.

En vez de responder, Evan le quitó el trozo de trucha ahumada que le quedaba en el plato y se lo llevó a la boca.

–¡Eh! –protestó ella.

–Creo que no deberías haber confiado en mí… Está realmente bueno. Hay que añadirlo a la lista, sin duda.

–Me has robado mi trucha.

–La dejaste sin vigilancia.

–Has dicho que podía confiar en ti –apenas podía contener la risa.

–Obviamente estaba equivocado.

–Obviamente… Me debes una trucha.

–Te la cambio por un pato.

–¿Vas a pedir el pato? –le preguntó Deke–. Porque entonces yo probaré el venado.

Angelica miró el menú.

–¿El pato flambeado con licor de naranja?

–El mismo.

–Trato hecho –estuvo a punto de estrecharle la mano para sellar el acuerdo, pero enseguida supo que sería un error y en vez de eso levantó su copa para saborear el exquisito *merlot*.

Evan sonrió con desdén, metió la mano bajo la mesa y le apretó la mano libre. Angelica ahogó un gemido y él se acercó para susurrarle algo al oído mientras Deke le hacía a Tiffany un comentario sobre los champiñones.

–No pasa nada por tocarme, Angie.

La punta de sus dedos le rozó el bajo de la falda y le tocó el muslo desnudo. Los dos se quedaron petrificados. Una corriente de excitación recorrió a Angelica, abrasándole la piel y contrayéndole los músculos.

–Delicioso –declaró Tiffany.

A Angelica se le escapó otro débil gemido cuando la mano de Evan se extendió sobre el muslo y se deslizó ligeramente bajo la falda.

–Por favor… –consiguió susurrar.

–¿Ocurre algo? –le preguntó Tiffany con preocupación.

–Nada –tomó otro sorbo de vino y cambió de postura, pero la mano de Evan se movió con ella.

Deke avisó a la camarera, y mientras le pidió el pato y el venado Evan se inclinó hacia Angelica.

–Dime que pare.

Ella lo intentó, pero las palabras no salían de su boca.

La mano de Evan siguió ascendiendo, y Angelica aferró con fuerza la copa.

–¿Angie? –la voz de Tiffany traspasó la niebla que le envolvía el cerebro. Te he preguntado si tienes alguna preferencia para los postres.

–Eh… no.

–¿Tarta? ¿Pasteles? ¿Tarta de queso?

–Sí…

Los dedos de Evan se curvaron contra su piel. La sensación le despertó el recuerdo de una mañana en la que se habían quedado en la cama, en casa de Evan. Fuera llovía y él había preparado chocolate con licor de café.

–¿Tartas de nueces? –preguntó Tiffany.

–Sí.

Tiffany la miró extrañada.

–Te has puesto colorada. ¿Es una reacción alérgica? –miró de plato en plato–. ¿Había algo que tuviera almendras?

–No, no… Estoy bien –puso la mano sobre la de Evan con intención de apartarla, pero en vez de eso se la apretó aún más fuerte contra el muslo.

–Trufas de chocolate –dijo Evan–. Que traigan algunas.

Tiffany sonrió.

–Me encanta el chocolate… Es tan pecaminosamente decadente.

Lo que era decadente y pecaminoso en grado máximo era el tacto de Evan. Tenía que detenerlo inmediatamente.

–¿Estás saliendo con alguien? –le preguntó Deke a Tiffany.

–No me lo puedo creer –dijo Evan–. ¿De verdad le estás tirando los tejos?

–Le estoy pidiendo una cita –respondió Deke–. Hay una gran diferencia.

–Conozco bien la diferencia –dijo Tiffany–. Y me está tirando los tejos.

Deke se echó hacia atrás y se llevó la mano al pecho en un gesto de fingida ofensa.

–Me has partido el corazón.

Mientras Tiffany le daba una ingeniosa respuesta Evan volvió a acercarse a Angelica.

–Por si no lo has notado, yo también te estoy tirando los tejos.

La confesión le dio la fuerza necesaria para apartarle la mano. Él no se resistió, pero ella se quedó temblando.

Cuando acabaron de catar los vinos, Evan vio que Angelica no estaba en condiciones de conducir. De modo que le dio las llaves de su coche a Deke y extendió la mano para que Angelica le diera las suyas.

–Puedo condu… –empezó a protestar ella, pero enseguida se retractó–. Tienes razón. Pero puedo llamar a un chófer.

–No digas tonterías. Tardaría dos horas en llegar hasta aquí. Yo seré tu chófer. Confié en ti para que condujeras mi coche, y eso que es mucho más caro que el tuyo.

–¿Sabes conducir un coche automático? –le preguntó ella con un brillo divertido en los ojos.

–Me las arreglaré.

Podía controlarse. Aunque la mano le siguiera ardiendo después de haber acariciado la textura única y enloquecedoramente excitante de su piel.

–¿Estarás bien con él? –le preguntó Tiffany a Angie.

–Tengo que llevar mi coche a casa como sea.

–¿Has bebido mucho?

–No, pero sí lo suficiente para superar el límite de una dama de honor.

–Ya… Yo, en cambio, me he pasado con el postre –se metió la última trufa de chocolate en la boca.

–¿Cómo puedes mantener esta figura? –le preguntó Deke.

–Ahórrate los cumplidos –respondió ella, riendo–. No te servirán de nada.

Evan sintió envidia de Deke. Ojalá él y Angie se hubieran conocido aquella noche, sin los remordimientos y decepciones que los separaban. Si así fuera, también él haría lo posible por seducirla.

–¿Lista? –le preguntó, resistiendo el impulso de apartarle los mechones de la frente.

Ella agarró el bolso que se interponía entre ellos.

–No sé…

–Te llevaré a casa sana y salva –le prometió él.

Mientras conducía, intentó apartar el recuerdo de su piel cálida y suave. Pero no dejaba de preguntarte qué se le habría pasado a ella por la cabeza. No le había apartado la mano cuando le acarició el muslo.

Estuvo conduciendo en silencio durante quince minutos por la autopista del Pacífico hasta que no pudo seguir soportándolo. Se detuvo en un aparcamiento a oscuras frente al mar y apagó el motor.

–¿Qué pasa? –preguntó Angie, sorprendida por la inesperada parada.

Él se giró hacia ella.

–¿Tengo que pedirte disculpas?

Ella lo miró con ojos muy abiertos.

–¿Lo harías? –preguntó en voz baja.

Evan se dio cuenta de lo que estaba pensando. Angelica creía que se refería a lo que había pasado con el testamento de J.D. Pensaba que quería pedirle disculpas por haberse equivocado y admitir que toda la culpa era suya y que ella había tenido razón al no confiar en él.

–Por lo que he hecho en el restaurante –aclaró.

–El… ah. Está bien –recompuso su expresión y apartó la mirada.

–No lo he hecho para disgustarte –la mitad de su ser lo urgía a callarse, mientras la otra mitad lo apremiaba para que siguiera–. Fue un accidente. Bueno, lo fue al principio, pero luego… pareció que no te molestaba.

–Claro que me molestaba.

–No intentaste detenerme.

Ella volvió a mirarlo.

–Me pillaste por sorpresa.

–A mí también me pilló por sorpresa –admitió.

Los dos se quedaron callados y el aire pareció cargarse de tensión en el interior del vehículo. Evan se fijó en sus carnosos labios y recordó su sabor. Quería volver a besarla. Lo deseaba con todas sus fuerzas.

–No, Evan.

–¿No qué? –ni siquiera se había movido.

–Sé lo que estás pensando.

–¿Puedes leerme la mente, Angie?

–Estás recordando lo que hacíamos… –tragó saliva–. Estás recordando que era algo fabuloso.

–Y lo era.

–El sexo siempre es fabuloso.

–¿Siempre?

–Evan…

–Has tenido mucho sexo últimamente, ¿no?

Ella se alisó el bajo de la falda.

–No es asunto tuyo.

–¿Con quién?

–Ya basta.

A Evan se le contrajo el estómago por la ira.

–¿Con quién te has acostado? ¿Con Jack Reed?

–Jack está con Becca.

–Eso no significa que no estuviera antes contigo.

–Me niego a mantener esta conversación –abrió bruscamente la puerta y salió del coche antes de que él pudiera detenerla. Cerró con un portazo y Evan la siguió rápidamente.

–Dime la verdad –le exigió. No era la primera vez que le preguntaba por Jack Reed. Ni la primera vez que le gustaría hacer pedazos a aquel hombre.

Ella lo miró desafiante.

–¿Por qué? ¿A ti qué más te da?

–Eso es un sí.

–No es un sí.

–¿Cuánto tiempo pasó? –le preguntó en tono engañosamente suave–. ¿Cuánto tiempo pasó desde que me dejaste hasta que te acostaste con él?

–Yo no me acosté con Jack.

–No te creo.

–Cree lo que quieras, Evan. Pero nunca te he mentido y no voy a hacerlo ahora. No me he acostado con nadie desde que rompimos –soltó una risita–. ¿De dónde iba a sacar el tiempo? Y tú, Evan –le clavó un dedo en el pecho–, tú mejor que nadie deberías saber que no me voy a la cama con cualquiera.

Él le agarró la mano y la mantuvo sobre su desbocado corazón.

–¿Con nadie?

Los ojos de Angelica eran tan negros como la noche que los rodeaba.

–Con nadie. Me ofendes al preguntármelo.

–Eres una mujer muy hermosa, Angie. Seguro que los hombres no paran de acosarte.

–Sé decir que no, Evan.

–¿Ah, sí? –se balanceó hacia delante sin poder evitarlo.

–Sí –afirmó ella con convicción.

–Pues dímelo.

No le dio tiempo a responder, y volvió a besarla antes de que ella pudiera reaccionar. Una voz en el fondo de su cabeza lo acuciaba a detenerse. No tenía derecho a besarla, ni a tocarla, ni a preguntarle por su vida sexual. Pero cuando estaba cerca de ella no podía distinguir entre lo correcto y lo inapropiado.

Antes de darse cuenta, ella estaba en sus brazos y el beso aumentaba peligrosamente de intensidad. Angie le había dejado grabada una huella imborrable. El recuerdo de la pasión que habían compartido ardía en cada célula de su cuerpo. Rodearle la cintura con un brazo, enterrar los dedos en su pelo, acariciarle la nuca, entrelazar su lengua con la suya, oír sus gemidos y aspirar su olor… Todo le resultaba sensualmente familiar y le hacía rememorar lo vivido.

Lo siguiente fue deslizarle una mano bajo la blusa y subírsela hasta el sujetador.

–No podemos –exclamó ella. Le empujó en el pecho y apartó la cabeza.

Él se obligó a no insistir, pero a su cuerpo le costó unos segundos obedecer.

–No podemos –repitió ella, apoyándose en el coche.

Evan dio un paso atrás, respirando con dificultad.

–No lo había planeado.

–¿Y crees que yo sí? –le preguntó ella con un deje de histeria en la voz.

–No, no, claro que no. Solo digo que sigue existiendo atracción entre nosotros, pero no tiene por qué significar nada.

–No significa nada –corroboró ella–. Bueno, sí, significa que debemos tener cuidado.

–Estoy de acuerdo –sus cuerpos parecían entrar en combustión cuando estaban cerca uno del otro.

También se dio cuenta de que el beso había respondido su pregunta anterior. No había necesidad de disculparse.

–Te ha gustado –dijo, sin poder controlar su ego–. Por eso no has intentado detenerme. Te ha gustado sentir mi mano en tu pierna.

–No –espetó ella.

–Has dicho que no mentirías.

–Te he dicho que me pillaste por sorpresa.

–Pero te ha gustado –insistió él en tono desafiante.

Ella lo miró fijamente a los ojos.

–Como ya te he dicho, debemos tener cuidado.

Tal vez no lo confirmara, pero tampoco lo negaba. Y Evan no pudo evitar una sonrisa de satisfacción.

Capítulo Cuatro

–¿Angelica? –la voz de su hermano Dylan se oyó alta y clara por el altavoz de la mesa de reuniones–. ¿Hay algo que quieras contarnos?

–¿El qué? ¿Y a quién? –preguntó mientras seguía hojeando un informe de cuentas.

–A mí y a Sage. Y me refiero al artículo que aparece en el *Weekly Break* sobre la reconciliación entre tú y Evan.

–¿Qué? –horrorizada, Angelica agarró el auricular y miró hacia la puerta abierta para asegurarse de que nadie estaba escuchando.

–Eso es lo que te estoy preguntando –respondió Dylan amablemente.

–No sé de dónde han sacado esa idea –recordó el momento en el que Evan la había besado en el aparcamiento. ¿Podría ser que un reportero les hubiera sacado una foto?–. ¿Hay alguna foto?

–¿Insinúas que podría haber alguna?

–No, no puede haber ninguna –mintió ella–. A menos que fuera una foto antigua.

–¿Qué está pasando, Angie?

–¡Nada! –por el rabillo del ojo atisbó un movimiento y levantó la mirada. Evan estaba en la puerta con un ejemplar del *Weekly Break* en la mano–. Tengo que colgar.

–Angie…

–Tengo una reunión –le cortó ella sin apartar los ojos de Evan–. No es nada. Se han inventado una historia.

–¿Estás segura? Porque todos estaríamos muy contentos si…

–Adiós, Dylan –colgó rápidamente el teléfono.

–¿Te has enterado? –le preguntó Evan, entrando en la sala.

–No deberías estar aquí –se levantó y fue a cerrar la puerta.

–Y tú no deberías cerrar la puerta –replicó Evan.

–Siempre será mejor que especulen a que nos oigan. ¿Qué ha pasado? ¿Qué dice el periódico? Dios mío… ¿Cómo se lo tomará Conrad?

Evan arrojó el periódico sobre la mesa.

–Creo que es Conrad quien está detrás de todo esto.

Angelica miró el titular de la primera plana. Había una foto de ellos, pero afortunadamente era del año anterior.

–¿No nos vieron anoche?

–¿Eso es lo que no quieres que la gente sepa?

Ella frunció el ceño.

–Sabes lo que quiero decir.

–No, no hay ninguna foto de anoche –confirmó él–. Pero una fuente anónima cita mis palabras: «Tendría que ser ciego y estúpido para renunciar a ella».

–Pero ¿por qué haría algo así? Fue muy claro al decir que no quería ningún escándalo.

–A lo mejor nos está provocando.

–¿Tú crees? ¿Qué motivos podría tener?

–No tengo la menor idea.

–¿Qué vamos a hacer? –no podían olvidarse del asunto, pero tampoco podían permitir que Conrad supiera la verdad. La boda de Kayla estaba en juego.

–Tendremos que capear el temporal.

A Angelica no le gustó cómo sonaba aquello. Se dejó caer en la silla y bajó la voz.

–¿Qué quieres decir con eso?

–Quiero decir… –Evan se sentó frente a ella– que no negaremos nada hasta después de la boda.

–¿Y dejar que todo el mundo crea que volvemos a estar juntos?

Evan se encogió de hombros.

–Ni hablar –rechazó ella rotundamente.

–No digo que sea lo más agradable.

–No podemos hacerlo.

–La otra opción es decirle a Conrad que le hemos mentido.

Angelica sacudió la cabeza.

–Eso tampoco podemos hacerlo.

–Pues dime qué otra opción tenemos.

Ella se devanó los sesos en busca de otra solución, pero no se le ocurrió ninguna porque sencillamente no había.

–¿Cómo no lo vimos venir?

–No podíamos imaginar que Conrad iría a la prensa.

–No debimos dar por hecho que lo mantendría en secreto –sentía ganas de abofetearse ella misma por estúpida.

–Bueno, yo había bebido un poco…

–Estoy hablando en serio.

–Y yo, Angie. Pero no es el fin del mundo. Solo serán dos semanas y media y ya está. Después fingiremos una ruptura y cada uno seguirá por su lado.

–No voy a mentirles a mis hermanos –ya era bastante malo que el resto del mundo volviese a verlos como una pareja–. No se lo merecen después de todo lo que han sufrido, Evan.

–Lo entiendo. El problema es que Sage no le mentirá a Colleen ni Dylan le mentirá a Jenna.

–No, claro que no.

–¿Y pretendes que Chance le mienta a Felicity?

Angelica apretó la mandíbula.

–¿Hasta dónde crees que podremos fingir antes de que alguien se vaya de la lengua? –la presionó él.

A Angelica se le formó un nudo en la garganta. Lo mirase por donde lo mirase, alguien acabaría pasándolo mal.

–No puedo hacerlo –admitió en voz baja.

–No tienes por qué mentir, Angie.

–¿Cómo que no?

–Respóndeme a esto: si me pusiera de rodillas y te dijera que lo siento, que todo ha sido culpa mía y que nos merecemos otra oportunidad, ¿me rechazarías sin más o al menos lo pensarías?

Era tan absurdo que no merecía ni una respuesta.

–Tú nunca harías algo así.

–No, no lo haría –corroboró él–. Pero si fueras tú quien lo hiciera, estoy seguro de que al menos lo pensaría.

–¿Ese es tu razonamiento?

–Por tanto, cuando le dices a alguien… en caso de que se lo digas a alguien, que los dos sabíamos que teníamos muchas cosas que resolver y que las probabilidades eran prácticamente nulas pero que aun así nos habíamos planteado la posibilidad de volver a estar juntos, no estarías mintiendo.

–No, técnicamente no –concedió ella. El dolor le traspasaba el pecho–. ¿Y eso quieres que hagamos? ¿Que todo el mundo crea que nos estamos dando otra oportunidad?

–Piensa en las ventajas. No solo en la casa de Conrad, sino también en la tranquilidad de Kayla y Matt. No tendrán que andarse con pies de plomo, todo el mundo se sentirá más cómodo en la boda y tú y yo no nos sentiremos como si nos estuvieran vigilando.

Era exactamente lo que ella se esperaba de la boda.

–El padrino y la dama de honor tienen que bailar juntos –continuó Evan–. ¿Te imaginas lo que pensarán los invitados? «¿Qué se estarán diciendo?», «¿se estarán peleando?», «¿no parece que ella está enfadada?…».

–Parece que lo has pensado mucho –y odiaba admitir que también ella lo había pensado. La idea del banquete la llenaba de pánico.

64

—Me gusta creer que soy realista, Angie.

—Prometiste que me llamarías Angelica.

Él le sonrió.

—No recuerdo habértelo prometido. Pero si vamos a estar juntos tendrás que aguantarte durante dos semanas más.

Ella volvió a mirar el titular.

—¿De verdad crees que debemos hacerlo?

—Se habrá acabado antes de que te des cuenta.

—¿Qué te crees que estás haciendo? –le preguntó Deke al entrar en la oficina de Santa Mónica.

—Trabajos manuales –respondió Evan mientras atornillaba una abrazadera metálica a la pared.

La puerta se cerró tras Deke con tanta fuerza que vibraron las persianas.

—He leído el artículo.

—Yo no tuve nada que ver con eso.

—Pues se te cita textualmente.

—No te creas todo lo que lees.

—Entonces, ¿no vas a volver con Angie?

Evan siguió apretando los tornillos.

—Lo estamos hablando y pensando… Pasando un poco de tiempo juntos.

Deke guardó un breve silencio.

—En serio, Evan. ¿Has perdido el juicio?

—No.

—¡Pues dime qué demonios está pasando!

Evan se dio cuenta de que no podría engañar a

Deke. La única forma de que aquello funcionara era que también Deke estuviera en el ajo. Su amigo lo conocía demasiado bien.

—Está bien, de acuerdo. Fue una treta para conseguir que Conrad nos dejara usar su casa.

A Deke pareció costarle un momento asimilarlo.

—Le has dicho a Conrad que ibas a volver con Angie…

—Era la única manera posible.

—La mayor estupidez posible.

Evan sonrió para sí mientras apretaba el último tornillo.

—Ya es demasiado tarde para echarse atrás.

Deke se cruzó de brazos.

—Yo fui el primero al que llamaste cuando Angie y tú rompisteis, ¿te acuerdas? Y recuerdo muy bien en qué estado te encontrabas.

Evan aferró fuertemente el destornillador.

—Sí, me acuerdo.

—Fue un mal día, amigo.

—No me digas… —no quería hablar de aquello. Había seguido adelante con su vida, paso a paso.

—No puedes volver a pasar por lo mismo.

Evan se puso a abrir la caja que contenía los estantes de madera.

—Todo es una farsa, Deke. Estamos fingiendo que nos gustamos. No volveremos a romper porque no vamos a estar juntos otra vez.

Deke cortó la cinta del extremo opuesto de la caja.

—Aún te gusta. Creo que la sigues queriendo.

A Evan le dio un vuelco el corazón.

–Es imposible querer a alguien que no confía en ti.

–Puede ser –repuso Deke en tono escéptico.

–Es así y basta. Yo no la quiero –retiró la cinta de embalaje y abrió la caja. Las tablas de madera de cerezo estaban envueltas en plástico de burbujas.

–El amor no tiene un interruptor para encenderlo o apagarlo a voluntad.

–O se ama o no se ama –respondió Evan con firmeza–. Y yo no la amo.

–Anoche vi cómo la mirabas.

–Eso era deseo.

–Entonces, ¿admites que aún te sientes atraído por ella?

No tenía sentido negarlo, ni a Deke ni a sí mismo.

–Puede que no esté enamorado de ella, pero no tengo problemas para recordarla desnuda.

Deke esbozó una media sonrisa.

–Yo sigo intentando imaginarme desnuda a Tiffany.

Evan sacó el primer estante de la caja.

–Buena suerte.

–Es guapísima, divertida y lista como pocas.

–Angie va a prevenirla contra ti.

–¿De qué hay que prevenirla? Soy un hombre decente, rico y bien parecido.

Evan colocó la estantería sobre las abrazaderas.

–Con un considerable historial de relaciones pasajeras.

–¿Lo ves? Por eso me preocupo por ti. Dices que

solo es deseo, pero te crees todo ese rollo de las flores y los corazones. Tú, amigo mío, tienes un considerable historial de relaciones estables.

–Solo he tenido una relación estable. Y no creo que lo hayas superado.

–Sé cuidar de mí mismo –tal vez aún se sintiera atraído por Angie, pero era realista e iba a tener los ojos bien abiertos.

Deke le tendió el siguiente estante.

–Pues solo para que lo sepas, cuando todo se vaya al garete y te sientas en la necesidad de llamar a la caballería…

–Sí, sí, lo sé. Que no se me ocurra llamarte.

–¿Qué? No, al contrario. Llámame. Por Dios, Evan, que seas tonto de remate no significa que no vaya a ayudarte.

–Gracias, pero no será necesario.

–Ya lo veremos.

La puerta se abrió y los dos hombres se giraron.

–¿Lex? –Evan se quedó anonadado al ver a su viejo compañero de habitación en la puerta–. Creía que estabas en Londres.

–He oído que ibas a reabrir tu negocio –Lex miró el desorden imperante a su alrededor–. ¿Sabes que puedes contratar a carpinteros y decoradores para encargarse de esto?

Evan se sacudió el polvo de las manos en los vaqueros y rodeó el extremo del mostrador para saludar a su amigo, a quien no veía desde hacía más de un año.

–¿Qué demonios haces en Los Ángeles?

–Asanti celebra algunas reuniones en Nueva York –Lex le estrechó también la mano a Deke–. ¿Cómo te va? Me alegro de verte a ti también.

Evan no se creyó su respuesta. Era obvio que Lex ocultaba algo.

–¿Así que has aprovechado que estabas en Norteamérica para pasarte a verme?

–Algo así.

Evan se giró hacia Deke.

–¿Lo has llamado tú?

–Pues claro. ¿Acaso pensabas hacerlo tú?

–No, porque no había nada que decirle.

–Perdiste tu trabajo, a tu hija y estás sin blanca. ¿Te parece poco?

–No estoy sin blanca.

Sus dos amigos lo miraron escepticismo.

–En serio, ¿queréis que comparemos el saldo de nuestras cuentas corrientes?

Lex se echó a reír, pero Evan no había acabado.

–Deke tal vez tenga unas cuantas acciones en esas patentes, pero yo sé cómo invertir –miró a Lex–. Y lo único que tú tienes es un sueldo –un sueldo muy alto, ciertamente.

–Y opciones de compra.

–¿Ah, sí? –preguntó Deke con interés.

–De hecho, estoy pensando en liquidarlas y comprar el Sagittarius.

–¿El *resort* de lujo?

Evan señaló en dirección hacia el océano Pacífico.

–¿Ese Sagittarius?

Lex asintió. Emplazado en una de las mejores playas de Malibú, el complejo de cinco estrellas tenía casi mil habitaciones y era una de las joyas del turismo en California.

–Podría ser el punto de partida para una nueva cadena hotelera.

–¿Te lo puedes permitir? –preguntó Deke.

–Necesitaría un socio. Tal vez dos –miró a Evan.

–Ah, no, no –Evan dio un paso atrás y miró a Deke. No sé qué os ha pasado, pero no necesito que vengáis a rescatarme. Estoy perfectamente en todos los aspectos, profesional, económico y sentimental.

–¿Qué te hace pensar que esto es por ti? –le preguntó Lex.

–Claro que es por mí –se sentía tan conmovido como horrorizado de que sus mejores amigos le sugirieran una excentricidad semejante.

–Hasta ahora no había oído nada acerca del Sagittarius –dijo Deke. Evan no supo si creerlo o no–. Tendría que ser un socio capitalista, nada más –realmente parecía tomarse en serio la idea–. No tengo tiempo para más responsabilidades, pero tampoco tendría necesidad de cobrar un salario.

–No hay problema –respondió Lex–. Puedo dirigir un hotel con los ojos cerrados. Evan se hará cargo de la expansión internacional. Tú solo pones el dinero.

Deke asintió con expresión pensativa.

–Ya basta –exigió Evan–. Habéis sobrestimado la magnitud de mis problemas.

—No se trata solo de ti, Evan –dijo Deke.

—¿Pero qué le pasa? –le preguntó Lex a Deke.

—Aún no ha superado lo de Angie.

—¡Lo he supe…!

—Estupendo, pues piensa en lo que te digo –le interrumpió Lex–. Imagina lo que podríamos conseguir los tres juntos. No quiero trabajar para otros el resto de mi vida. Los tres hemos ganado experiencia con los años, somos más listos y tenemos dinero. Yo conozco el negocio del turismo y tú conoces el mercado internacional. Y Deke puede construirnos un robot de la limpieza o algo por el estilo. Tendremos las reuniones de accionistas en Hawái, donde conocerás a alguna chica guapa que te ayude a curar tu corazón roto.

—No tengo el corazón roto –declaró Evan, pero las palabras de Lex le hicieron pensar.

Sería estupendo meterse en un negocio con sus dos viejos amigos. Lex y Deke tenían una capacidad de trabajo y una creatividad impresionantes. Los tres juntos podrían montar algo grandioso. Y él podría volcarse por entero en la aventura y concentrarse en el trabajo durante mucho tiempo.

—¿Lo has pensado a fondo? –le preguntó Lex.

—Durante las catorce horas de avión más tres horas de escala.

—¿El Sagittarius está en venta?

—Lo estará. La familia propietaria está teniendo algunos… problemas. Rita Loring acaba de descubrir que su marido se acuesta con su secretaria, y estoy seguro de que venderá su parte de la empresa. Le importa un bledo el hotel y hará lo que sea para arruinar a su marido, y lo mismo hará su hija. Si les hago una oferta, me venderán sus acciones. Y Lewis Loring tendrá que elegir entre quedarse como accionista minoritario o vender su parte. Los tres últimos años no han sido buenos para el negocio, seguro que vende.

–¿Cómo sabes todo eso? –preguntó Deke.

–Hablo con muchas personas. Las invito a copas… a veces me acuesto con ellas.

–¿Te has acostado con Rita Loring? –fue lo primero que se le ocurrió a Evan preguntarle.

–Me he acostado con su hija –respondió Lex con una mueca.

Deke soltó una carcajada.

–Yo me apunto.

–¿La hija no está resentida contigo? –preguntó Evan.

–La hija ya ha pasado página. Tiene peces más gordos que yo que pescar. Me llevará una o dos semanas prepararlo todo, pero tenemos que darnos prisa.

Él y Deke miraron a Evan.

–¿Tengo que tomar una decisión ahora mismo?

–Sí, ahora mismo –afirmó Lex–. Así pues, ¿qué decides?

De los tres, Evan era el que estaba en una posición más favorable para cambiar su vida. Y realmente necesitaba darle un cambio a su vida. La situación en la que se encontraba era insostenible.

Pensó en Angie y se convenció de que todo estaba superado. No había vuelta atrás.

–Está bien –aceptó mientras un plan empezaba a cobrar forma en su cabeza.

–Pues vamos a brindar por nuestra nueva aventura –dijo Deke, sacando del bolsillo las llaves del coche.

Angelica había vuelto a vestirse con un atuendo ultrafemenino en un intento por impresionar a Conrad. Pero no tendría que haberse molestado, ya que Conrad no estaba en casa y fue Albert, el mayordomo, quien los hizo pasar a ella y a Evan. Se habían citado con el encargado del catering y la florista para discutir la decoración y el banquete.

Kayla y Matt estaban de regreso a casa. Habían enviado varios mensajes de texto expresando su entusiasmo con los planes de boda e informando de que todo parecía estar listo para la exposición de arte. A esas alturas ya deberían estar sobrevolando el Atlántico con destino Nueva York. Cuando llegaran a California todo sería mucho más fácil para Angelica y Evan.

Albert le había ofrecido a Angelica una copa de *chardonnay* en vez del whisky de malta. Evan optó por una cerveza.

El grupo examinó la cocina y el comedor, acordaron que la novia debería bajar por la gran escalinata y discutieron sobre la puesta a punto del salón para la ceremonia. Los invitados podrían relajarse en la terraza y también en la playa cuando bajara la marea, mientras el personal retiraba las sillas plegables usa-

73

das en la ceremonia e instalaba las mesas para la cena. El proveedor pareció impresionado con la cocina y había pedido mesas de preparación adicionales. La florista sacó fotos y tomó medidas. Muy pronto tendrían lo que necesitaban.

Mientras Albert llevaba al proveedor y a la florista al exterior, Angelica se paseó por la terraza y descendió por la estrecha escalera hasta la playa.

La marea estaba baja y dejaba una amplia franja de arena mojada más allá de la pedregosa orilla. Se quitó los zapatos y caminó hacia el agua. El cielo estaba despejado y la luna creciente iluminaba una boya naranja a unos treinta metros mar adentro. Se sujetó el pelo con la mano al recibir una ráfaga de viento que le pegó el vestido a las piernas. Casi había llegado a la orilla cuando oyó las pisadas de Evan tras ella.

–¿Vas a bañarte desnuda?

–Ni en sueños.

–Gallina –se burló él jocosamente.

–Desde luego –tomó un sorbo de vino–. ¿Crees que estarán contentos?

–¿Matt y Kayla?

–Sí. No me refiero como pareja, sino con todo lo que estamos preparando. ¿Qué novia dejaría la organización de su boda en otra persona?

–Fue decisión suya ir a Escocia –le recordó Evan. Estaba a su lado, un poco más atrás.

–No se esperaban la tormenta.

–Ni que tuvieran que ir tan lejos para obtener los permisos.

–Al menos han conseguido lo que fueron a buscar.

–Todo ha salido bien para ellos –dijo él con un ligero tono de nostalgia.

Angelica entendía muy bien aquella emoción. Cuando presentaron a Matt y a Kayla, ella y Evan eran una pareja estable, feliz y enamorada. Kayla y Matt los habían ayudado con los preparativos de una boda que nunca llegó a celebrarse… Se le formó un nudo en la garganta al recordarlo.

–¿Estás bien? –le preguntó Evan.

–Sí –mintió–. ¿Y tú?

–Perfectamente.

–¿Vas a instalarte en Santa Mónica?

–Eso estoy haciendo.

–¿Y el negocio? –sabía que dejar Lassiter Media había sido un duro revés en su carrera profesional, y deseaba que le fueran bien las cosas.

–Es posible que Deke y yo empecemos a trabajar juntos. Y Lex también.

–Creía que ibas a establecerte por tu cuenta.

–Esa era la idea, pero estamos preparando algo en lo que formar parte los tres.

–¿De qué se trata?

–De momento no puedo decir nada.

Y aunque pudiera, no era asunto suyo.

–Lo siento. No quería ser curiosa.

–¿Va todo bien en la oficina?

–Estoy trasladando mi despacho de sitio. No podía ocupar el despacho de mi padre. Estoy transformando la sala de juntas del último piso en mi despacho.

Evan se quedó callado unos instantes.

–Me parece una buena idea diferenciarte de tu padre.

–De eso se trata.

El murmullo de las olas llenaba el silencio entre ellos.

–¿De verdad te ha dado Conrad una idea para una serie de televisión? –le preguntó él.

–Hemos estado en contacto. Aún no nos ha enviado nada, pero parece que va en serio.

–Creía que solo estaba poniéndote a prueba.

–Yo también lo creía. Pero me ha dado una idea para un nuevo enfoque de la programación.

–Me alegra que se te ocurran nuevas ideas.

–Siempre las he tenido –dijo ella a la defensiva.

–No te lo decía como una crítica, Angie.

No soportaba que la llamara así. Bueno, en realidad le gustaba, pero odiaba que le gustase. Le evocaba demasiados recuerdos íntimos. «Te quiero, Angie», le había susurrado al oído.

–¿Angie?

Se internó unos pasos en el mar, dejando que el agua helada la devolviera a la realidad. Siguió avanzando hasta que el agua le llegó a los muslos.

–Vaya –exclamó Evan, agarrándola del brazo–. Creía que habíamos descartado lo de bañarse desnudos.

Ella se sacudió el brazo.

–Tengo un profundo respeto por tu trabajo en Lassiter Media.

–¿Por eso te empeñaste a fondo para dejarme fuera? Recuerdo haber sido abandonada por todas las personas a las que quería –replicó ella mientras las olas rompían en sus piernas, arrastrando la arena bajo sus pies.

–¿Y cómo te hacía sentir eso?

La pregunta le pareció absurda.

–¿Tú qué crees? Me sentía horriblemente mal.

Hubo un largo silencio, hasta que Evan volvió a hablar.

–¿Sabes cuánta gente en este mundo me ha querido? Tú. Tú fuiste la única, Angie. Sé perfectamente cómo debías de sentirte.

A Angelica se le contrajo dolorosamente el pecho. Se giró y una ola le empapó el vestido.

–Evan…

Sabía que sus padres habían muerto cuando él era un muchacho y que no tenía hermanos ni hermanas.

–Se suponía que tú eras mi otra mitad –murmuró él–. Que me darías hijos y transformarías mi solitaria existencia en una vida familiar llena de amor y alegría.

A Angelica se le llenaron los ojos de lágrimas, pero entonces una ola la golpeó en el costado y la hizo caer, quedando sumergida bajo el agua helada.

Al instante la mano de Evan la agarraba del brazo y tiraba de ella hacia arriba.

Evan le quitó la copa llena de agua salada de la mano.

–Vamos.

Angelica seguía chorreando cuando llegó a la mansión Lassiter. Lo último que necesitaba era encontrarse a sus dos hermanos esperándola en el vestíbulo.

–¿Te importaría explicarnos qué te ha pasado? –le preguntó Dylan.

–Me he caído al mar –cerró la puerta tras ella. Fue al estudio y abrió una botella de coñac.

Sus hermanos la siguieron.

–Hemos estado hablando de ti y de Evan –le dijo Sage.

–Es una… –se detuvo a tiempo, antes de confesar que era todo una mentira. Pero si les contaba la verdad a sus hermanos tendría que pedirles que les mintieran a sus seres queridos. No podía hacerlo. Pero tampoco podía arriesgarse a que se corriera la voz antes de la boda de Kayla–. Es una posibilidad muy remota –rectificó, dándoles la espalda mientras se servía una copa de coñac.

–¿Qué demonios ha pasado? –le exigió saber Dylan–. Primero no podías ni pensar en perdonarlo, y un momento después aparece una noticia de vuestra reconciliación.

–Es complicado… –se giró hacia ellos–. No puedo deciros más.

–Tendrás que hacerlo –insistió Dylan, avanzando hacia ella.

–Hemos hablado… Hemos recordado los viejos tiempos… Hemos convenido en que los dos cometimos errores y hemos decidido pasar más tiempo juntos.

Listo. Todo lo que acababa de decir era cierto. Tomó un sorbo de coñac.

–¿Por qué no nos lo cuentas todo?

–Lo único que no os cuento es cómo acabará todo esto, porque no tengo ni idea de cómo acabará.

Sus hermanos la miraron con escepticismo.

–Estábamos muy enamorados y nos hicimos un daño terrible. Las heridas son tan profundas que no sabemos qué hacer.

La expresión de sus hermanos se suavizó y Angelica supo que se lo estaban creyendo. Y si se lo creían era porque ella también se lo creía. Porque era cierto. Tan estremecedoramente cierto que sintió ganas de echarse a llorar.

–Oh, Angie… –Dylan suspiró y la abrazó. Ella apartó la copa y aceptó el abrazo.

Ella se echó hacia atrás, lamentando no poder sincerarse del todo con ellos.

–Gracias por tener paciencia conmigo…

–Estás temblando –dijo Dylan, frotándole la espalda.

–Sí… Y muerta de cansancio. Creo que me daré un baño y me meteré en la cama.

–Buena idea –aprobó Sage.

Los dos le desearon buenas noches y se dirigieron hacia la puerta.

Capítulo Cinco

Mientras atravesaba junto a Deke el enorme vestíbulo al aire libre del Sagittarius Resort, Evan consideró la posibilidad de que Deke tuviera razón sobre el peligro que suponía pasar tiempo con Angie. La noche anterior, cuando la sacó del agua, lo había invadido una irresistible necesidad de protegerla.

–Quizá deberíamos pasar aquí un par de días de incógnito –sugirió Deke–. Ya sabes, para examinar las instalaciones y ver cómo funcionan las cosas.

Lex estaba encargándose de revisar las cuentas de la empresa, mientras Evan y Deke se ocupaban de investigar el potencial del complejo. Hasta el momento habían visto la playa, la piscina, el restaurante junto al mar y el restaurante de alta cocina situado en el último piso. Lo siguiente era echarle un vistazo al campo de golf de dieciocho hoyos.

Deke le señaló el bar y los dos se dirigieron hacia allí. Era un local de doscientos metros cuadrados con pantallas gigantes de televisión, suelos de madera y mesas de billar. Todo ofrecía un aspecto impecable.

–Deberíamos celebrar aquí la despedida de soltero de Matt –sugirió Evan–. Una partida de golf, hamburguesas, cervezas, billares y quedarnos a dormir.

Deke sonrió.

–Me gusta. Podríamos convencer a Kayla y a las damas de honor que prueben el spa.

Evan se imaginó a Angie en un spa. El teléfono empezó a sonar.

–Hola, Matt. ¿Estás en tierra?

–Acabamos de aterrizar y vamos camino de la terminal.

–Bienvenido a casa.

–Gracias. Ha sido toda una aventura. ¿Nos vemos esta noche?

–Claro –respondió mientras él y Deke salían del bar y se dirigían hacia el campo de golf–. Deke y yo estamos viendo un sitio para tu despedida de soltero.

–¿Deke está en la ciudad?

–Sí.

–¿Se quedará a la boda?

–Espera –se apartó el móvil de la boca–. Matt quiere saber si irás a la boda.

–Ya le he dicho a Tiffany que seré su acompañante.

–¿En serio?

–Me lo pidió ella. Y aún no la he visto desnuda.

–Cuidado con lo que haces –le advirtió Evan, pero Deke se limitó a reír–. Irá con Tiffany –le dijo a Matt.

–Genial –se oyó una voz de fondo–. Kayla pregunta cuándo os habéis reconciliado Angelica y tú.

–¿Ha leído el *Morning Break*? No estamos juntos –le aclaró Evan–. Todavía.

Se oyó un pitido de fondo, seguido por una voz que sonaba por los altavoces del avión.

–Hemos llegado. Te llamaré cuando llegue a casa. Y gracias por tu ayuda.

–No hay de qué.

Deke abrió una puerta de cristal que conducía a un patio y a la tienda de regalos.

–No me entusiasma mucho la idea de que acompañes a Tiffany a la boda –confesó Evan.

–¿Por qué no? Ella no tiene novio y yo ya conozco a Matt y a Kayla. Me parece una solución perfectamente lógica.

–Solo quieres acostarte con ella.

–¿Y eso qué tiene de raro? ¿Tú la has visto bien?

–Es la amiga de Angie, Deke.

–Y tú eres el ex de Angie. No te debería importar. Además, no le he ocultado mis intenciones. Ella sabe perfectamente lo que pretendo.

–Espero que se lo hayas dejado muy claro.

Deke se rio.

–Descuida. Me ha dicho que puedo esperar sentado.

El móvil de Evan volvió a sonar. No reconoció el número, por lo que supuso que se trataba de una llamada de trabajo.

–¿Diga?

–¿Señor McCain?

–Sí.

–Soy Geoff Wilson, de *Los Angeles Star Daily*. Estoy escribiendo un artículo sobre Lassiter Media y me preguntaba si podría comentar algo sobre su supuesta reconciliación con Angelica Lassiter.

Evan sabía que no podía enemistarse con la prensa sin perder el apoyo de Conrad, de manera que, en vez de colgar, eligió cuidosamente sus palabras para arrojar unas migajas con que contentar al reportero.

–Mi relación con la señorita Lassiter es un asunto privado.

–En el *Weekly Break* aparece una foto de ella sin anillo de compromiso. ¿No le sorprende que no lleve el anillo?

–Pues no –Evan cubrió el micro con la mano y le susurró a Deke–. Llama a Angelica con tu móvil –tenía que prevenirla contra una posible llamada de la prensa y asegurarse de que sus respectivas historias coincidieran.

Deke arqueó las cejas, pero sacó su móvil y buscó el número de Angelica.

–¿Está diciendo que no hay compromiso? –le preguntó el reportero.

–Estoy diciendo que es un asunto privado.

–¿Dónde está el anillo?

–La señorita Lassiter y yo agradeceríamos que se respetara nuestra intimidad mientras…

–¿Están otra vez juntos o no?

–… mientras decidimos si nos damos otra oportunidad. La familia Lassiter ha pasado por unos momentos muy difíciles.

–¿Cómo se siente al estar a la sombra de su novia en Lassiter Media?

–A eso no puedo responderle, puesto que ya no trabajo en Lassiter Media.

–¿Le ha despedido ella?

Evan quería acabar aquella conversación, pero tenía que mantener a la prensa satisfecha.

–He presentado mi dimisión. Ahora estoy buscando oportunidades para establecerme por mi cuenta.

–¿Volverá a Lassiter Media después de casarse con Angelica?

–Lassiter Media está en las mejores manos posibles. Angelica Lassiter será una directora excelente. Estoy seguro de que su padre estaría orgulloso.

–¿Orgulloso de cómo intentó impugnar su testamento?

Evan se sintió como si estuviera atravesando un campo de minas.

–Era una situación muy complicada. Pero ahora solo nos concentramos en el futuro. Y me temo que llego tarde a una cita, así que si no tiene más preguntas…

–¿Le ha ofrecido de nuevo su anillo?

Evan dudó un momento.

–¿Puedo hablarle confidencialmente?

El reportero tardó un momento en contestar. Era evidente que le disgustaba no poder publicar una jugosa información, pero tampoco soportaba perderla.

–Claro –respondió finalmente–. En confidencia.

–Aún no se lo he ofrecido. Pero pienso hacerlo.

–¿Cuándo? ¿Dónde?

Evan se rio.

–Si decidimos salir en los periódicos, usted será el primero en saberlo. Adiós, señor Wilson.

Evan no le dio tiempo a decir nada más y desconectó la llamada.

Llamó de nuevo.

–¿Angie? Acaba de llamarme un periodista de *Los Angeles Star Daily*.

–¿Y qué quería?

–Acosarme a preguntas sobre nuestra relación. ¿Vas a ir a probarte el traje esta noche?

–¿El traje de dama de honor? Sí, claro. ¿Qué clase de preguntas?

–Las mismas de siempre. Te recogeré e iremos juntos. Tenemos que dar la mejor imagen posible. Vas a pasar las próximas dos semanas fingiendo que estás maravillosamente bien conmigo y que te gusto más que nunca. Te recojo a las siete.

Kayla tenía un don para todo lo que fuera femenino y hermoso, y los preparativos de la boda reflejaban su buen gusto. El vestido de novia era espectacular sin dejar de ser tradicional. Estaba confeccionado en blanco satén y el corpiño se ceñía a su esbelto torso con una franja de joyas, mientras que la falda caía elegantemente desde las caderas y se prolongaba en un metro de cola.

–Es fabuloso –murmuró Angelica, maravillada ante la imagen que presentaba Kayla en el probador de la tienda.

–Pareces una princesa –dijo Tiffany, rodeándola para verla por detrás.

–Estaba pensando en recogerme el pelo –comentó.

–Definitivamente recogido –corroboró Angelica.

–¿Tienes un collar de diamantes?

–Y pendientes de diamante –dijo Tiffany.

Angelica se acercó para examinar las joyas.

–Tengo justo lo que necesitas. Un collar de cuatro filas… Si quieres llevar algo prestado, quiero decir.

–No recuerdo habértela visto –dijo Tiffany.

–No me lo pongo muy a menudo. Mis hermanos me lo regalaron al cumplir diecinueve años. Es demasiado llamativo para las ocasiones normales.

–Me encantaría llevarlo –dijo Kayla. Dio un paso atrás y se apartó del espejo–. Ahora dejad que os vea.

Angelica se miró al espejo. El corpiño de satén rosa, ceñido y sin tirantes, relucía con lentejuelas plateadas y partía de la base de la columna para terminar unos centímetros por debajo de los omoplatos en un bonito corte en V. Una falda de organza salpicada de lentejuelas le caía vaporosamente alrededor de los tobillos.

–Estáis perfectas –las alabó Kayla.

Tiffany giró sobre sí misma.

–Me siento como si ya estuviera bailando.

–Matt dice que Deke va a ser tu acompañante –dijo Kayla.

–Así es. Es muy divertido y baila muy bien –dejó de girar y las tres mujeres se quedaron codo con codo frente al espejo.

–¿Has bailado con Deke? –le preguntó Angelica con curiosidad.

–Solo aquella noche después de cenar. No paso nada más.

–Supongo que me lo contarías si pasara.

–Tal vez –respondió Tiffany con una sonrisa.

–Creo que ya está –anunció Kayla.

Angelica se giró hacia el espejo y estuvo de acuerdo con ella. Los vestidos eran preciosos. Un poco cursis para su gusto, pero muy bonitos.

–Qué rapidez… –comentó Tiffany.

–Es que soy la eficiencia personificada –se jactó Kayla, y las otras dos mujeres soltaron un dramático suspiro. Kayla podía estar comprando hasta caer desfallecida–. ¿Y lo tuyo con Deke va en serio? –le preguntó a Tiffany.

Angelica se preguntó lo mismo. Sabía que había atracción entre ambos, pero no le había dado mayor importancia. Se sorprendió al enterarse de que Tiffany lo había invitado a la boda.

–Es guapo –dijo Tiffany.

–Eso no responde a la pregunta –observó Angelica.

–¿Es que una chica no puede divertirse un poco?

–Pues claro que puedes –respondió Kayla en tono de disculpa–. No estamos aquí para juzgarte. Deberías divertirte tanto como quieras.

–Está bien, pero no he tenido esa clase de diversión.

–Lo que quiero decir es que puedes tenerla –repuso Kayla.

–Opino igual –confirmó Angelica–. No todas las aventuras tienen por qué ser románticas.

Una expresión de culpa cruzó fugazmente el rostro de Tiffany, pero en ese momento Kayla se dio la vuelta.

–¿Puede alguien desabrocharme el vestido?

Angelica se puso a desabrocharle la larga hilera de botones, y se preguntó si Tiffany no estaría ocultando un sentimiento más profundo hacia Deke.

Los amigos suyos y de Evan estaban juntos mientras que ellos se habían separado. Así era la vida. Resultaba irónico que hubieran sido ella y Evan los que presentaran a las parejas, pero Angelica se alegraba sinceramente por ellos.

–No os cambiéis –dijo Kayla, dirigiéndose hacia el probador–. No podemos dejar que Matt vea mi vestido, pero quiero veros junto a los padrinos.

–No pasa nada si te gusta –le dijo Angelica a Tiffany cuando Kayla se metió en el probador–. No te reprimas por mí.

–¿Quién dice que vaya a reprimirme? –Tiffany guardó un momento de silencio–. He visto que has venido con Evan…

Angelica sintió una punzada de remordimiento. Sabía que Tiffany había visto el artículo del *Weekly Break,* pero aún no habían hablado de ello. No soportaba la idea de volver a mentir, pero no le quedaba más remedio. Tragó saliva y evitó mirar a Tiffany a los ojos.

–Hemos… pasando un poco de tiempo juntos. Ya sabes… para ver lo que pasa.

–Angie.

–¿Sí? –susurró con un hilo de voz.

–Deke me lo ha contado.

–¿Que te ha contado el qué?

–Lo de vuestro ardid para engañar a Conrad.

Angelica se quedó muda.

–Entiendo por qué lo haces –continuó Tiffany–, pero no estoy segura de que sea buena idea.

–¿Cómo se dio cuenta Deke?

–Evan se lo dijo.

–Pero… –sintió que el estómago le ardía de ira–. Juramos que no se lo diríamos a nadie. Ni siquiera a mis hermanos.

–Yo no se lo diré a nadie.

–Confío en ti. Es Evan quien me ha traicionado. No puedo creer que lo haya hecho… ¡Les he mentido a mis hermanos!

–Estás furiosa con él. Eso es bueno.

Kayla descorrió la cortina del probador.

–¿Qué habéis pensado para los zapatos?

–Estamos en ello –dijo Tiffany, cambiando fácilmente de tema y mirándose los pies.

A Angelica le costó bastante más esfuerzo sofocar su frustración y enojo. No quería que sus problemas afectaran a Kayla.

–¿Blancos? –sugirió con la voz más tranquila que pudo, mirándose las botas que se había puesto con los vaqueros aquella mañana–. ¿O plateados? Creo que mejor plateados. ¿Abiertos o cerrados?

–¿Vamos de compras? –preguntó Kayla.

–Por mí, estupendo –aceptó Angelica.

–Claro que sí –dijo Tiffany–. Tú eres la novia. Haremos lo que quieras.

–Estupendo –declaró Kayla con una sonrisa–. ¿Qué más puedo tener en las próximas dos semanas?

–Lo que quieras –insistió Angelica–. Solo tienes que decirlo.

–Quiero un día en un spa.

–Muy buena idea –dijo Tiffany.

–Al parecer los chicos están jugando al golf y tomando unas cervezas.

Un día entero en el spa eran palabras mayores para Angelica. Pero recordó que debía conciliar el trabajo con el ocio y sacar tiempo para divertirse.

–Hagámoslo –dijo con convicción.

–Hecho –afirmó Kayla–. Y ahora vamos a ver cómo están los chicos.

Salieron de la boutique, pasaron por delante de un escaparate lleno de flores, copas y accesorios de satén y entraron en la sección de los esmóquines. Había varios hombres en la tienda, pero Angelica se fijó inmediatamente en Evan. De pie ante un espejo triple lucía un impecable esmoquin negro, con un chaleco negro y una camisa blanca. La corbata era plateada con una fina franja rosa. El otro padrino, Silas, lucía un traje idéntico, mientras que el traje de Matt se diferenciaba por el chaleco plateado y la corbata negra.

–¡Poneos a su lado! –exclamó Kayla–. Matt, quítate de en medio.

–¿Te has convertido en la novia caníbal? –bromeó él.

–Tiffany dice que tengo dos semanas para hacer lo que quiera.

La mirada de Evan se posó en Angelica y la recorrió de arriba abajo, prendiendo un reguero de calor a su paso.

Tiffany le dio un discreto empujoncito para recordarle que tenía que colocarse junto a Evan. Angelica respiró profundamente y se obligó a moverse. Evan no apartó la mirada de ella en ningún momento, y en sus ojos ardía un brillo abrasador. Pero Angelica se recordó que estaba furiosa con él por contarle a Deke su secreto después de jurar que no lo haría.

–Bonito vestido –le dijo él en voz baja.

–Bonito esmoquin –respondió ella en un tono más seco.

–¿Vemos qué tal? –señaló el gran espejo y ella se giró.

El corazón le dio un vuelco al verse. Sabía que era solo por la ropa, pero parecían la pareja perfecta. Y en un rincón de su alma supo que estaban hechos el uno para el otro.

Rápidamente se sacudió la sensación de encima.

–En la boda seré más alta –se puso de puntillas en un desesperado intento por hacer algo, lo que fuera, que borrase la imagen perfecta–. Llevaré tacones.

–Aun así seguiré siendo más alto que tú –señaló él. Y con razón. La diferencia de estatura era considerable entre los dos.

–Perfecto –declaró Kayla tras ellos–. Estáis perfectos. Que todo el mundo adopte una pose de baile.

Angelica apoyó los talones en el suelo y se giró de costado. Lo último que quería era abrazar a Evan. Pero él la rodeó con un brazo y tiró de ella contra su hombro.

—Actúa con naturalidad —le susurró al oído—. Recuerda que ellos creen que estamos otra vez juntos.

—Deke no —replicó ella, sintiendo como una oportuna muralla de rencor le protegía los sentimientos—. Se lo dijiste a Deke.

—Sonríe.

—Les mentí a mis hermanos y tú se lo dijiste a Deke.

—¿Podemos hablarlo en otro momento? —le agarró la mano y adoptó una postura de baile.

—Él se lo ha dicho a Tiffany. También ella lo sabe.

Evan la apretó contra su cuerpo y Angelica sintió una ola de deseo por la piel.

—Ahora no.

—¿Por qué se lo dijiste a Deke?

—Porque era mejor que ocultarle la verdad.

—Quieres que confíe en ti, pero...

—Quería que confiaras en mí hace cinco meses, y no lo hiciste.

—Y tenía razón al no hacerlo.

—¿Angie? —la llamó Kayla—. ¿Va todo bien?

Angelica esbozó rápidamente una sonrisa.

—Perfectamente. Me encanta el vestido. Evan estaba discutiendo conmigo por los zapatos.

—¿Qué problema hay con los zapatos? Ni siquiera los hemos comprado.

–Le preocupa que los tacones sean demasiado altos.

–Que venga a comprarlos con nosotras –sugirió Kayla.

–Buena idea –dijo Angelica–. Vamos a llevar a Evan a comprar zapatos.

–Me temo que estoy ocupado –se excusó él mientras Matt y Silas se reían.

–Podemos dejarlo para otro momento –le ofreció Kayla dulcemente.

–No es necesario. Lo que la novia quiera será perfecto para mí.

–Así se habla –dijo Matt.

–Lo que la novia quiere es que todo el mundo esté contento –replicó Kayla–. Así que basta de discusiones.

–Sí, señora –obedeció Evan–. Haré todo lo que esté en mi mano para controlar a Angie.

–¿Perdona? –espetó la aludida–. ¿Estás insinuando que el problema soy yo?

–No hay ningún problema, cariño –le dijo, y le dio un beso en la boca.

Apenas pudo oír la voz de Kayla por encima del bramido de su cuerpo.

–Es maravilloso volver a veros juntos…

Angelica tenía que poner distancia entre ella y Evan. La noche anterior una furgoneta los había seguido, se trataba de periodistas.

Evan la acompañó a la puerta de la mansión Lassiter y le sugirió entrar con ella para guardar las apariencias, pero Angelica se negó y él le dio un beso de buenas noches. Faltó solo un segundo para que ella se rindiera, pero afortunadamente Evan se apartó a tiempo.

Lo malo fue que se quedó dando vueltas en la cama casi toda la noche, y cuando finalmente se durmió la invadieron toda clase de sueños eróticos con Evan.

Definitivamente tenía que alejarse de él.

Le costó varias horas, pero al fin encontró una excusa creíble para marcharse de Los Ángeles. Se la sirvió en bandeja Noah Moore, el vicepresidente de programación en la sucursal de Lassiter Media en Cheyenne.

Mientras Evan estaba a cargo de la empresa había adquirido la licencia de varias cadenas televisivas del Reino Unido y Australia. Aquella mañana Angelica había examinado la propuesta de Conrad Norville y se había quedado impresionada. La serie era tan interesante que había decidido emitir una primera temporada. Superado el escollo mental que suponía limitar la programación únicamente a las producciones de Lassiter Media, se daba cuenta de que la empresa podía hacer una versión estadounidense de las series con mayor éxito en Reino Unido y Australia.

Pero a Noah Moore no le gustaba nada la idea, lo que suponía tener que hablar con él en persona para convencerlo. Normalmente le habría pedido que volase él a Los Ángeles, pero en aquellos momentos le valía cualquier excusa para escapar unos días de la ciudad.

El avión privado de Lassiter Media la esperaba en el aeropuerto de Van Nuys. Se reuniría con los directivos de la sucursal de Cheyenne, convencería a Noah Moore de las ventajas que ofrecían sus planes y pasaría unos días en el Big Blue. No había lugar mejor que el rancho para descansar, sin un solo periodista en cientos de kilómetros a la redonda.

El piloto la saludó en la puerta.

–Bienvenida a bordo, señorita Lassiter.

–Hola, comandante Sheridan.

–Parece que tendremos un vuelo tranquilo esta noche –el hombre se apartó para dejarla entrar–. Se prevén turbulencias sobre las Rocosas, pero podemos evitarlas si ascendemos a suficiente altitud.

–Estupendo, coman… –se detuvo en seco al entrar en la cabina–. ¿Qué haces tú aquí?

–¿Ocurre algo? –preguntó el comandante tras ella.

–Voy a Cheyenne –respondió tranquilamente Evan.

Estaba sentado en la segunda fila, con vaqueros, camiseta oscura y una botella de cerveza medio llena en la mesita delante de él.

–¿Quién te ha invitado?

–Chance.

–¿Señorita Lassiter? –la llamó el comandante.

–Evan no viene con nosotros.

–El señor Lassiter nos avisó de que…

–Hola, Angie –Tiffany apareció tras el comandante.

–¿Tiff? –tuvo que apoyarse en el respaldo de un asiento para guardar el equilibrio–. ¿Va todo bien?

–Perfectamente –respondió su amiga con una sonrisa.

–… de que tendríamos cuatro pasajeros esta noche –concluyó el comandante, y en ese momento apareció Deke detrás de Tiffany.

–Buenas noches, comandante –le estrechó la mano y se volvió hacia Angelica–. Nunca he visto el Big Blue. Me muero de ganas por visitarlo.

–Ya basta –gritó ella, y todos se quedaron callados–. ¿Qué está pasando aquí?

Evan se acercó y bajó la voz.

–Vamos a Cheyenne.

–No, nada de «vamos». Soy yo quien va a Cheyenne.

–Y los demás te haremos compañía.

–¿Se trata de una broma?

–No, una broma no. Es un engaño, ¿recuerdas? –señaló con la cabeza la cola del avión–. Vamos a hablar en privado.

Angelica sopesó rápidamente sus opciones. Podía echarlos a patadas del avión, podía marcharse ella misma o podía claudicar y dejar que Evan se saliera con la suya.

Ninguna de las opciones le gustaba.

–Estamos listos para despegar, Sheridan –le dijo Evan al comandante. Angelica abrió la boca para protestar, ya que aquel era su avión y el comandante era su empleado. Evan ya no era el presidente de Lassiter Media.

—Muy bien, señor –respondió el comandante Sheridan.

—Vamos –le dijo a Angelica–. Tengo que hablar contigo.

—No me puedo creer lo que estás haciendo –masculló Angelica. Estaba echando a perder su plan. El único motivo por el que se iba a Cheyenne era alejarse de él.

—Y yo no me puedo creer que estés huyendo –repuso él.

Angelica lo siguió.

—No puedo estar huyendo si estás conmigo, pues tú eres de quien quiero huir. Así que dime, ¿por qué estás aquí?

—Permíteme que te dé un pequeño consejo, Angie. Nunca intentes ganarte la vida como estafadora. Lo que todo el mundo se está preguntando es si nos estamos reconciliando o no. ¿Qué pensaría Conrad si te fueras sin mí?

—Que puede ser un viaje de trabajo.

—Es mejor si vamos juntos.

—No quiero que estemos juntos.

Él señaló el asiento en la última fila.

—Por desgracia no se trata solo de ti.

—Ya lo sé.

Los motores rugieron y Angelica ocupó rápidamente su asiento.

–Se trata de Matt y de Kayla –dijo él mientras se abrochaba el cinturón y el avión comenzaba a rodar hacia la pista–. Y por eso tenemos que hacer cosas que preferiríamos no hacer.

El tono de su voz no dejaba lugar a dudas. Tampoco él quería estar con ella. La situación era tremendamente embarazosa para ambos, pero la diferencia estaba en que él se la tomaba con filosofía mientras que ella no hacía más que quejarse como una niña pequeña.

¿Qué demonios le pasaba? ¿Acaso no había aprendido nada del testamento de su padre? Como bien había dicho Evan no se trataba solo de ella. Tenía que pensar en los demás y no solo en sí misma.

–Lo siento –le dijo a Evan.

Él la miró boquiabierto mientras el avión aceleraba en la pista, empujándolos contra sus asientos.

–¿Cómo dices?

–Tenías razón y yo estaba equivocada. Esto resulta muy engorroso para todos: tú, yo, Tiffany, Deke… Pero se trata de Kayla y de Matt y tengo que hacer todo lo posible. La casa del Big Blue es enorme. Intentaré no cruzarme en tu camino.

El avión despegó y se elevó hacia el sol poniente. Evan la miró en silencio un largo rato.

–Me sorprendes.

–¿Por qué has traído a Tiffany y a Deke?

–Pensé que estarías más cómoda si teníamos compañía.

–La verdad es que sí.

–Deke no conoce el Big Blue y siente curiosidad.

Angelica sonrió y se relajó un poco al pensar en el rancho de su familia.

—Es un lugar fantástico.

—Sí que lo es —corroboró Evan, relajándose él también—. Bueno, ¿qué está pasando en las oficinas de Cheyenne?

—Tengo que hablar con Noah Moore. No está de acuerdo con la nueva dirección que quiero imprimirle a la empresa.

—Ese es el problema cuando la gente inteligente trabaja junta. Las ideas chocan con frecuencia.

—¿Te sigo pareciendo inteligente? —preguntó ella.

—Eres una persona brillante, Angie. Ese nunca ha sido el problema.

—Te preguntaría cuál es el problema, pero creo que ya sé la respuesta.

—Eres una fanática del control y corta de vista.

—No te he preguntado.

—Aun así te lo digo.

Ella apoyó la cabeza en el reposacabezas y respiró profundamente mientras el avión se elevaba.

—Sé que no soy perfecta, Evan.

Él guardó silencio unos segundos.

—Tengo que pedirte algo. Y no creo que te guste.

Angelica se puso en guardia.

—¿De qué se trata?

—Creo que deberías llevar el anillo de compromiso.

Ella se giró boquiabierta hacia él.

—Ayudaría a convencer a todo el mundo de que vamos en serio —añadió Evan.

–¿Aún tienes mi anillo de compromiso?

–Pues claro.

–¿Por qué lo has conservado?

–¿Qué tendría que haber hecho con él?

–Devolverlo y recuperar el dinero.

–Está hecho a medida y ha aparecido en muchas fotos. Imagínate el escándalo si alguien lo hubiera encontrado en Amazon…

–No se me había ocurrido –admitió ella. Gracias. Siempre fuiste muy atento, incluso cuando me odiabas.

–Yo nunca te he odiado, Angie. Aunque admito que estaba realmente furioso.

–Yo también.

Evan se sacó un pequeño estuche negro del bolsillo. Angelica se quedó de piedra y el corazón empezó a latirle con fuerza al mirar el anillo. Siempre le había gustado el destello de los diminutos diamantes blancos y azules incrustados en el platino.

–¿Angie? –la acució él.

Ella desvió la mirada del anillo.

–Sería muy difícil.

–Lo sé. Pero la prensa se pregunta por qué no lo llevas. Y estoy convencido de que Conrad nos está poniendo a prueba.

–¿Crees que sabe que estamos fingiendo?

–Creo que sospecha algo. Y es posible que lo use como excusa para frustrar la boda.

Angelica sabía que no se trataba de ella y que tenía que ser fuerte. Pero se dispuso a agarrar el estuche y le temblaba la mano.

–Ve a buscarme una copa de vino –le pidió a Evan, arrebatándole el estuche con decisión–. Y yo me pondré esto.

Él pareció vacilar un momento.

–De acuerdo –se desabrochó el cinturón y se levantó. Angelica contempló el hermoso anillo y se lo imaginó en su dedo, el peso del diamante y el destello que despediría al mover la mano.

–¿Estás bien? –oyó a Tiffany preguntarle en voz baja.

–La verdad es que no –Angelica levantó la mirada–. ¿Te esperabas esto?

–No, aunque tampoco me sorprende.

–A mí no se me hubiera ocurrido ni en un millón de años. Pensaba que Conrad guardaría el secreto, que luego se lo contaríamos a nuestros amigos más íntimos y que todos nos dejarían en paz mientras fingíamos considerar nuestra reconciliación. Pero, ¿qué voy a hacer ahora?

–No tienes por qué llevarlo.

–Claro que sí –la felicidad de Kayla estaba en juego. Evan iba a cumplir con su parte hasta el final, y lo mismo debía hacer ella. Así que sacó el anillo del estuche y se lo deslizó en el dedo sin darse tiempo a pensar–. No quema ni nada –bromeó.

–Eso es alentador –dijo Evan al regresar con una copa de vino tinto.

–Dame esa copa –le ordenó Angelica–, y tráeme unas cuantas más.

Capítulo Seis

A Evan siempre le había gustado el rancho Big Blue. Era el símbolo de J.D. y de la familia Lassiter. Podía ser duro e impredecible, pero era autosuficiente y resistía cualquier adversidad, protegiendo como un centinela a quienes acudían en busca de refugio.

Le parecía buena idea que Angie estuviese allí. A pesar de sus diferencias, sabía que era muy duro para ella. Tenía que admitir que lo había sorprendido su actitud en el avión, sobre todo cuando accedió a ponerse el anillo. Y no podía librarse de la sensación de que Angie podría haber hecho que los últimos meses hubieran sido muy diferentes.

–Angie –Marlene la recibió con los brazos abiertos cuando los cuatro entraron en el gran salón.

Marlene era la tía de Angie, pero había sido más como una madre, ya que la madre biológica de Angie había muerto cuando ella era pequeña. Abrazó fuertemente a su sobrina y se volvió hacia Evan.

–Es estupendo tenerte otra vez aquí.

–Yo también me alegro de verte, Marlene.

–¿Te acuerdas de mi amiga Tiffany? –le preguntó Angie–. Y este es Deke, el mejor amigo de Evan. Tiffany va a ser dama de honor en la boda de Kayla.

–Bienvenidos al Big Blue –les recibió afectuosamente Marlene, y les hizo acomodarse en el salón.

Estuvieron charlando unos minutos, pero Marlene no tardó en disculparse por estar cansada y se retiró a su habitación.

Angie les ofreció a todos algo de beber y asignó a cada uno un cuarto. Alojó a Deke y a Tiffany en el segundo piso, junto a su dormitorio, y a Evan lo relegó a la planta baja, detrás de la cocina. Al menos no le había mandado a dormir a la barraca, pensó él.

No estaba cansado, así que cuando los demás se retiraron él salió al patio. Los pastos y colinas que pertenecían al rancho se extendían muchos kilómetros a la redonda, pero a esas horas todo estaba tranquilo bajo un cielo plagado de estrellas.

Se sentó en uno de los sillones y aspiró el fresco aire nocturno.

–No se parece mucho a Los Ángeles –comentó Deke, saliendo de la casa–. Ni a Chicago.

–A mí me gusta –dijo Evan–. Puede que no tanto como a Chance. Pero es un buen lugar para venir a ordenar tus pensamientos.

–¿Te hace falta ordenar tus pensamientos?

–No te imaginas cuánto.

–No digas que no intenté avisarte –le recordó Deke, sentándose junto a él.

–Siempre me estás avisando de algo.

–A veces tengo razón.

–Siempre la tienes. Pero yo casi nunca te escucho.

Deke se rio.

—Si la cosa sale bien con el Sagittarius, podríamos comprarnos un rancho para turistas. Así tendrías un sitio para ordenar tus pensamientos siempre que te hiciera falta.

—Normalmente no es un problema. Dime, ¿por qué no estás arriba buscando una excusa para acosar a Tiffany?

—Está con Angelica. Pero la noche es joven.

—¿De verdad crees tener posibilidad?

Deke se encogió de hombros.

—Creo que ella puede ver más allá de mi encanto habitual.

—¿Te había sucedido antes?

—Que yo recuerde no. Pero estoy listo para el reto. ¿Cómo es que ya no me adviertes de que no me pase de la raya?

—Porque sé que ella conoce tus intenciones.

Deke tamborileó con los dedos en el sillón.

—Triste, pero cierto. Bueno, ¿qué plan hay para mañana? ¿Vamos a montar a caballo o conducir un tractor?

—¿Sabes montar?

—No.

—Angie va a ir a la oficina de Cheyenne.

—¿Y tú vas a acompañarla?

—Ojalá pudiera. Me ha dicho que han surgido discrepancias con uno de los ejecutivos, Noah Moore. Me gustaría saber qué está pasando. Noah puede ser muy obstinado, pero sabe hacer bien su trabajo y tiene mucho que ofrecer a la empresa.

–Ya no trabajas ahí.

–Lo sé.

–¿Hay alguna posibilidad de convencerte para que te olvides de todo esto?

–Todavía no he decidido nada.

–¿Cómo que no? Ella vuelve a tener tu anillo en el dedo.

–Forma parte del engaño.

–Lo que tú digas… –Deke se levantó–. Voy a subir a ver cómo están las cosas.

–Buena suerte.

–Lo mismo te digo –le dio una palmada en el hombro y se marchó.

Evan se recostó en el sillón y levantó la mirada hacia las estrellas. Deke sabía que aún se sentía atraído por Angie. Y seguramente lo seguiría estando hasta el día que muriera. Pero lo del anillo no era más que una fachada de cara a Conrad y a la prensa.

–No te había visto –la voz de Angie interrumpió sus pensamientos–. Lo siento, solo estaba…

–No digas tonterías. Es tu casa. Yo puedo irme a otra parte.

–No tienes que marcharte por mí.

–Me quedaré si tú también te quedas –le sugirió él–. Podríamos practicar un poco de conversación.

–¿Te parece que nos hace falta practicar?

–Me parece que nos sentimos un poco forzados.

–Es verdad… –se sentó en el sillón que había ocupado Deke y Evan se fijó en su copa de vino.

–¿Anestesiándote contra el anillo?

Ella se cubrió el diamante con el pulgar.

–Tendría que haberte ofrecido algo de beber. ¿Tienes sed?

–No, gracias. No tienes que tratarme como si fuera un invitado… Ya sé que no soy de la familia, pero puedes ignorarme sin problemas.

Ella tomó un sorbo de vino.

–No es lo más tonto que te he oído decir…

–Vaya, gracias. Y solo por curiosidad, ¿qué es lo más tonto que te he dicho?

Ella lo pensó un momento.

–Fue en la regata de Point Seven, el día que nos conocimos. Estábamos en el muelle, junto al yate de J.D. Te acercaste a mí y me dijiste: «Hola, Angelica, soy Evan McCain. Trabajo para tu padre».

–¿Recuerdas el momento en que nos conocimos?

–¿Tú no?

–Llevabas un pantalón azul marino y una blusa blanca con botones oscuros. Casi se te podía ver el sujetador de encaje.

–¿Me estabas mirando el escote?

–Te estaba mirando los pechos.

Apenas había luz en el patio, pero Evan estuvo seguro de que se había puesto colorada.

–Un caballero se avergonzaría de sí mismo –declaró ella.

–Un caballero tal vez no lo hubiera admitido, pero habría hecho exactamente lo mismo.

–Tienes suerte de que mi padre nunca lo supiera.

–Tu padre lo tenía todo planeado desde el principio.

–Es verdad… Tal vez fuera astuto y manipulador, pero no era precisamente discreto –se quedó callada un momento–. ¿Por qué crees que lo hizo?

–¿A qué parte te refieres?

–A lo nuestro. A ti y a mí. Nunca hemos hablado de ello. Su testamento, su plan secreto, lo que nos hizo…

–Hablar no sé, pero gritar sí que nos hemos gritado.

–Supongo que sí –con el pulgar se acariciaba distraídamente el anillo. Tenía unas manos preciosas, y unos brazos preciosos, y unos hombros preciosos…

Evan observó el destello del diamante a la luz de las estrellas y sintió como las emociones se removían en su interior.

–No creo que haya más que decir.

Ella lo miró.

–Sería bueno poder hablar de ello, poder tener una conversación que nos permitiera entenderlo y aceptarlo y así poder seguir adelante.

Evan cedió a la tentación de agarrarle la mano izquierda y levantársela para mirar el anillo.

–Solo me preocupan las dos próximas semanas.

–Es lógico –se levantó y lo mismo hizo él.

–¿Tú piensas más allá de eso?

–Tengo que hacerlo. Hay que preparar los cambios de enero.

–Siempre pensando en el trabajo…

–Eso no es justo –susurró ella en tono dolido.

–¿No? –la observó fijamente, empapándose de su belleza.

–Estoy haciendo todo lo que puedo para ayudar a Kayla.

Evan no pudo reprimirse y le acarició la barbilla con el dedo.

–Y yo estoy haciendo todo lo que puedo para salvarme –le confesó con voz ronca.

Ella no se sobresaltó ni se apartó. El deseo se apoderó por completo de Evan y se inclinó para besarla en los labios.

Angelica no podía detenerse. Los labios de Evan eran firmes, suaves y ardientes. Sabía cuánta presión ejercer y cuándo retirarse. E igualmente experta era su lengua, que le desataba una espiral de sensaciones por todo el cuerpo y le arrancaba un gemido ahogado desde el fondo de la garganta. Angelica dejó la copa en una mesita lateral y se apretó contra él.

Él le rodeó la cintura con su brazo libre e intensificó aún más el beso, antes de recorrerle la mejilla, descender por el cuello y abrirle el cuello de la camisa.

–No podemos hacer esto –murmuró ella, más para sí misma que para él.

–No lo haremos –dijo él–. Nunca.

Sus palabras no tenían sentido.

–¿No?

Él le desabrochó un botón de la camisa.

–Siempre me despierto demasiado pronto.

–Oh… –también ella había soñado con él. No siempre se despertaba a tiempo, pero no iba a admitir cómo y cuántas veces la había satisfecho en sueños.

Él le desabrochó otro botón.

Ella entrelazó los dedos en sus cortos cabellos, aspiró su olor familiar y cerró los ojos para hundirse en el mar de sensaciones que Evan le inspiraba. Posó la otra mano en su hombro y la deslizó por el bíceps, recordando su fuerza. Lo besó en el pecho a través de la camiseta y reprimió el deseo de quitársela. Quería saborear su piel.

Antes de darse cuenta tenía la camisa abierta. Él deslizó las manos por debajo y las llevó hasta el trasero. Angelica sintió como se le endurecían los pezones contra el sujetador y apretó los pechos contra el recio torso de Evan.

—Esto es delicioso —murmuró él.

—Lo sé —le sacó la camiseta de los vaqueros y metió las manos por debajo para acariciarle la piel desnuda.

Evan maldijo en voz baja, le agarró el bajo de la blusa y dio un paso hacia atrás, tirando de ella. Angelica se dejó llevar, sabiendo adónde iban. Ya habían estado allí antes, ya habían hecho el amor en un rincón del patio protegido por un enrejado con un rosal.

Se atrevió a mirarlo a los ojos, oscuros y ardientes. Sabía que tenía que detenerlo. Uno de los dos tenía que poner fin a aquella locura, y no parecía que fuera a ser Evan.

Pero a Angelica no le funcionaban las cuerdas vocales. El corazón le latía desbocado y la piel le ardía de incontrolable deseo bajo la blusa y la falda.

Las sombras los envolvieron. Evan chocó de espaldas contra la pared de troncos y la inercia lanzó a

Angelica hacia delante. Se agarró a sus hombros y sus cuerpos quedaron pegados. Él volvió a besarla, con una pasión aún más intensa que antes.

Era una locura. Una terrible equivocación…

Las manos de Evan encontraron el cierre del sujetador y un segundo después estaba abierto. Le retiró la camisa y el sujetador de los hombros y le cubrió un pecho con la mano. Angelica gimió sin separar la boca de la suya mientras él le acariciaba el pezón con el dedo.

–Te he echado de menos –le confesó con voz grave y jadeante.

–Evan…

No sabía qué más decir. Le bastaría una palabra para detenerlo, pero también ella lo había echado de menos. Sus besos, sus caricias, su voz y su olor. Y cuando le rozó las braguitas con la punta de los dedos no pudo resistirlo más.

–Por favor –le suplicó con un hilo de voz–. Hazlo…

Evan no vaciló ni un instante. Sin dejar de besarla le quitó las braguitas, se desabrochó los vaqueros y la levantó para aprisionarla contra la pared.

Angelica casi lloró de alivio al sentirlo dentro de ella. La sensación era tan familiar, tan satisfactoria y tan enloquecedoramente excitante que no pudo hacer otra cosa que aferrarse a él y dejar que el placer la colmara.

La respiración de Evan era cada vez más entrecortada y había empezado a sudar. Sabía cuándo acelerar y bajar el ritmo. Con sus dedos, su boca y sus embestidas la llevaba inexorablemente al éxtasis.

—Evan —exclamó, y él le tapó la boca con la mano para sofocar sus gritos.

—Angie —le susurró al oído—. Angie, Angie, Angie…

El cuerpo de Angelica se contrajo en una violenta convulsión. Evan gimió, la sujetó con todas sus fuerzas, también él se estremeció y después se quedó inmóvil.

Al cabo de unos minutos, ella abrió los ojos, parpadeó unas cuantas veces y vio la estrellas, la silueta del granero, las luces que se filtraban entre las rosas. Estaban en el Big Blue. La realidad la sacudió de golpe y se encontró prácticamente desnuda en brazos de Evan.

—Maldita sea —masculló—. Sabía que no debíamos hacerlo —se echó hacia atrás para mirarlo, con sus cuerpos todavía unidos—. ¿Se te ocurre alguna manera de salir dignamente de aquí?

—No —admitió él.

—Esto es muy humillante.

—Dentro de un minuto quizá esté de acuerdo contigo. Ahora mismo me siento en la gloria.

Ella lo golpeó en el hombro.

—Acabamos de hacerlo, Evan.

—¿En serio?

—¡No podemos hacerlo!

—Yo diría que sí podemos.

—¿Puedes hablar en serio, por favor?

–Estoy hablando en serio. Dentro de un ratito estaré horrorizado. Pero ahora… –le miró los pechos desnudos–. Quiero grabarme este momento en la memoria.

–Tienes que olvidarlo todo –era exactamente lo que iba a hacer ella.

–Como quieras.

–Lo digo en serio, Evan. Tenemos que olvidar que esto ha pasado.

–Lo haré –dijo él, pero entonces la besó y ella le respondió de igual manera sin pensar. Era un beso tierno y dulce, y sabía a despedida–. Lo siento, Angie –le susurró al separarse. La dejó delicadamente en el suelo, le alisó la falda y se ajustó los vaqueros, se apartó para recoger la blusa y el sujetador.

Mientras tanto ella intentó recuperarse. Había sido un desliz, nada más, pero habiéndolo hecho, habiéndose finalmente desahogado, tal vez las cosas fueran más fáciles.

–¿Vas a ir mañana a la oficina? –le preguntó él, tendiéndole la ropa.

–Sí –se puso el sujetador intentando olvidar que Evan la estaba mirando.

–¿Quieres que vaya contigo?

Ella volvió a ponerse en guardia.

–No necesito tu ayuda.

–He llegado a conocer bastante bien a Noah en los últimos meses.

–Sé cómo manejar a Noah –insistió ella, sintiéndose más segura con la camisa puesta.

–No lo dudo, pero cuando vean tu anillo pensarán que yo estoy otra vez dentro y a ninguno le extrañará que me presente en la oficina contigo.

–Les diré que no trabajas para Lassiter Media. En eso no vamos a fingir, ni siquiera de manera temporal.

–De acuerdo.

–Por fin estás de acuerdo en algo conmigo...

Él dio un paso hacia ella.

–Eh, también he estado de acuerdo en que no debíamos hacer el amor.

–No me lo recuerdes.

Él sonrió.

–¿En qué discrepáis Noah y tú?

–No es asunto tuyo.

–Solo intento ayudar.

–No lo hagas.

–En serio, Angie. ¿Hay algún problema?

–No hay ningún problema, Evan. Ninguno en absoluto –salvo el hecho de que acababa de tener sexo con su exnovio.

Se abrochó el último botón y lo miró a los ojos. No tenía ni la menor idea de qué decir en aquella situación.

–Buenas noches, Evan.

–Buenas noches, Angie –ella pasó junto a él–. Que duermas bien.

No respondió a sus últimas palabras. Agarró la copa de vino y se fue rápidamente a su habitación. Claro que dormiría bien, se dijo a sí misma. Al menos por unas horas olvidaría todas las complicaciones.

Evan dejó a Deke y Tiffany montando a caballo con un vaquero del rancho y se dirigió hacia la ciudad. Aún tenía a mucha gente de confianza dentro de Lassiter Media. Se daría una vuelta por la oficina a ver qué podía averiguar. Siendo presidente de la empresa se había encontrado con un montón de problemas relativos a la expansión. No lo había hablado con nadie porque estaba profundamente resentido al marcharse, pero no quería que Angie se metiera en un avispero.

Aparcó la camioneta del rancho junto al edificio de seis plantas de ladrillo rojo.

—Evan —lo saludó la recepcionista con una amplia sonrisa.

Clarissa tenía treinta y pocos años, era simpática y natural y tenía un don para mantener el orden en todo el edificio. Si Evan se hubiera quedado en la empresa la habría convertido en su secretaria.

—Buenos días, Clarissa.

—¿Buscas a Angelica? —le hizo un guiño—. He visto que vuelve a llevar el pedrusco en el dedo.

—Así es, pero no, no la busco a ella. Me gustaría ver a Max.

Clarissa agarró el teléfono y pulsó unos botones.

—Debería de estar en su despecho. ¿Te quedarás mucho tiempo en la ciudad?

—Solo unos días.

–¿Max? Evan está aquí y quiere verte –escuchó y sonrió–. Sí, ese Evan. ¿No has visto a Angelica? Vuelven a sonar campanas de boda.

Evan sonrió, sabiendo que ya no habría manera de impedir que se corriera la voz. Lo siguiente serían las especulaciones sobre la fecha de la ceremonia.

–Lo sé –dijo Clarissa, asintiendo mientras escucha a Max–. ¿Quieres subir? –le preguntó a Evan.

–Estaba pensando en salir mejor a tomar un café.

–¿Puedes bajar tú? –le preguntó a Max–. Evan quiere tomar un café… Muy bien –colgó el teléfono–. Dice que ahora mismo baja. Te hemos echado de menos, jefe.

–Y yo a vosotros.

–¿Hay alguna posibilidad de que vuelvas a la empresa?

–Me temo que no. Estoy organizando algo con un par de amigos en Los Ángeles.

–Pero vendrás a menudo a Cheyenne, ¿verdad?

–Eso espero.

–¿Cuándo es la boda? ¿Será en el Big Blue? Voy a desempolvar mi vestido y a envolver de nuevo mi regalo.

El ascensor se abrió y apareció Max Truger, el joven director de contenidos integrados de Lassiter Media. Todo lo relativo a la programación familiar, sin embargo, dependía de las prioridades de Noah.

–Bienvenido de nuevo a casa, Max –le saludó, estrechándole la mano.

–No he vuelto. ¿Tienes tiempo para un café?

–Claro –se giró hacia Clarissa–. ¿Puedes anular mi cita de las diez?

–Por supuesto.

–No quiero interrumpir tu trabajo.

–Tranquilo, no es nada importante –se dirigió hacia la puerta–. ¿Vamos al Shorthorn Grill?

Salieron y recorrieron una calle donde se alineaban edificios históricos y bien conservados. El tráfico era ligero a esas horas, unas cuantas camionetas y un Cadillac rojo que pertenecía a un famoso ranchero.

–¿Y bien? –le preguntó Max, mirándolo con expresión sagaz–. ¿Qué ocurre?

Los dos habían trabajado juntos y Max sabía más que la mayoría sobre su relación con Angie.

–Quería preguntarte lo mismo. ¿Ocurre algo con Noah?

–¿En qué sentido?

–¿Está reunido con Angie?

–¿Tienes celos de Noah? Tiene más de sesenta años…

–Claro que no. ¿Cómo se te ocurre?

Max se encogió de hombros.

–Eres tú quien lo pregunta.

–Tengo la impresión de que algo no va bien entre ellos. Un asunto de trabajo… Por Dios, ¿celoso de Noah, yo? ¿Es que te has vuelto loco?

Max sonrió.

–Bueno, todos nos estamos acostumbrando a tenerla al mando. Es curioso verla al frente de la empresa, intentando abrirse camino a trompicones.

–¿A trompicones? Pero si conoce la empresa al detalle.

–Sí, es verdad.

–Ya se encargaba de llevar las riendas antes de la muerte de J.D. Está muy bien preparada y todos sabéis que contaba con la confianza de J.D.

Max guardó silencio mientras atravesaban un cruce.

–Quizá es por la forma en que ha ocupado el sillón de su padre.

–¿Su alianza con Jack Reed para impugnar el testamento?

–Supongo… O quizá todos estábamos preparados para seguir tus órdenes y de repente, todo cambia de la noche a la mañana.

–Va a hacer un gran trabajo –dijo Evan.

–Lo sé. Tengo fe en ella. Pero no lo va a tener fácil.

–¿Qué quieres decir?

–No creo que los superiores quieran secundarla si toma una dirección arriesgada –levantó las manos–. No me malinterpretes. Yo estoy a favor de darle un nuevo rumbo a la programación.

–¿A qué te refieres con «arriesgada»? –aquello era nuevo para Evan. Angie era tan testaruda como su padre, pero Lassiter Media era su vida. No se la imaginaba asumiendo riesgos innecesarios.

–Me refiero a emitir programas que no hayan sido producidos por la gente de Lassiter Media.

–¿Conrad Norville?

–Según Noah, todo empezó con Conrad Norville.

Pero ahora Angelica está hablando de hacer versiones de los programas que más éxito tienen en las cadenas extranjeras.

Evan se echó a reír.

–Está socavando el poder de los actuales productores.

–Y ayudando a la competencia. Como ya he dicho, estoy a favor de la nueva programación y creo que deberíamos tener una serie solo para internet el próximo verano. No hay nadie en la empresa que pueda producirla, así que habrá que buscar en el exterior. Pero Angelica se ha metido en un campo de minas. Noah no es el único que se lo pondrá difícil.

–¿Quién está de su parte?

–Yo. Y supongo que tú también… Pero ¿por qué no habéis hablado los dos de esto?

–Ya no trabajo en Lassiter Media.

–Pero vas a casarse con ella. Avísala. ¿Y por qué has venido a…? –se detuvo en mitad de la acera–. ¿Cómo es que no sabes nada de esto?

Evan pensó en mentir y en decirle la verdad. Ninguna de las dos opciones lo convencía.

–Es complicado.

Max lo miró fijamente.

–¿Es mejor si no pregunto?

Max asintió.

–Yo estoy de su parte, Evan. Pero solo soy un director y ellos, vicepresidentes.

–¿Entonces se ha metido en un avispero?

–Peor aún. En una manada de lobos.

Capítulo Siete

Angelica había tenido un día mentalmente agotador. Iba a ser más duro de lo que pensaba convencer a los vicepresidentes. Podría imponer su criterio y ordenarles que emitieran un programa ajeno a Lassiter Media, pero a la larga acabaría fracasando.

Había oscurecido cuando aparcó frente al Big Blue. Durante casi todo el día apenas se había acordado de Evan, pero estando de nuevo en casa le asaltaron los recuerdos.

Se arrepentía profundamente de haber cedido a la tentación la noche anterior, aunque en realidad había sido un desliz de lo más natural. Su relación había terminado de manera tan brusca que era lógico que el deseo perdurase. Pero solo había sido eso: un arrebato sexual que, una vez satisfecho, la había dejado con una amarga sensación de vacío.

Abrió la puerta y salió, pero en vez de dirigirse hacia el porche miró hacia el camino que rodeaba la casa.

No tenía por qué entrar enseguida. No quería ver a Evan y se imaginaba la reacción de Marlene cuando viera el anillo. Había sido pura suerte que no se hubiera fijado en él la noche anterior. No estaba preparada para responder al entusiasmo de su tía.

Cerró el coche y caminó hacia el jardín trasero. La piscina había sido diseñada para fundirse con el entorno natural. La hierba llegaba hasta el borde, confiriéndole la imagen de un estanque. A Angelica siempre le había encantado, y de niña disfrutaba enormemente arrojándose al agua desde el columpio colgado del árbol.

Encontró uno de sus bañadores en el cobertizo. Se llevó una toalla al borde y se zambulló en el agua. Estaba fría y le puso la piel de gallina, pero tras dar unas cuantas brazadas empezó a entrar en calor.

–Te hemos oído llegar y nos preguntábamos dónde te habías metido –la voz de Evan interrumpió su paz mental cuando se disponía a dar la vuelta.

Sobresaltada, perdió la concentración y se rozó el tobillo con el borde.

–Marlene tiene la cena casi lista.

–Enseguida voy –tomó impulso en la pared y lo dejó atrás, pero él no captó la indirecta y permaneció en el mismo sitio.

–¿Cómo te ha ido hoy? –le preguntó cuando ella volvió a hacer el recorrido de ida y vuelta.

–Muy bien –respondió brevemente, y dio otro giro.

Él siguió sin moverse.

–¿Te preocupa algo?

–No –tomó aire y se sumergió para bucear lo más posible. Llegó casi hasta el centro de la piscina.

Al acabar el siguiente largo, Evan estaba sentado en una silla.

–Nos vemos dentro –le dijo ella.

–No me importa esperar.

–Aún puedo tardar un rato.

Él sonrió.

–¿Qué quieres, Evan?

–Sabes cómo han ido hoy las cosas en Lassiter Media –miró el reloj–. Son casi las siete.

–¿Y qué?

–Es tarde.

–Tenía que ver a muchas personas en Cheyenne.

–¿Amistades?

–Por trabajo.

–¿Ya has olvidado el testamento de tu padre?

Angelica apretó la mandíbula y siguió nadando. ¿Cómo se atrevía Evan a criticarla por trabajar hasta tarde? Solo había trabajado hasta las seis, una hora más de lo habitual. No era para tanto.

–Ahora estoy nadando, no trabajando –le dijo al volver.

–¿Has comido?

–¿Qué?

–Ya me has oído. ¿Has comido o has estado de reunión en reunión?

–Pedimos algo –alguien había llevado una bandeja de sándwiches al mediodía, durante una reunión.

–¿Has comido? –repitió él.

–Claro que he comido –recordaba haberse puesto un sándwich de pavo en el plato y se había tomado un té helado. Pero no sabría decir cuántos bocados le había dado al sándwich.

Nadó diez largos más sin mirarlo, pero él permaneció donde estaba. Finalmente, se rindió al cansancio y salió de la piscina para secarse.

Evan se acercó a ella.

–¿Necesitas algo del cobertizo?

–Ya voy yo –se envolvió con la toalla y echó a andar descalza hacia el cobertizo. Evan caminaba a su lado.

–¿Cómo te ha ido hoy? –volvió a preguntarle.

–Ya te he dicho que bien.

–¿Has visto a Noah?

–No me apetece hablar de ello –entró en el cobertizo y recogió su bolso y su ropa.

Caminaron por el camino de cemento hacia la casa, pero él seguía mirándola en silencio cada pocos pasos hasta que ella no aguantó más y se detuvo.

–Evan.

–¿Sí?

El silencio se alargó unos segundos.

–No sé –respondió ella finalmente–. Todo esto es extraño. Me siento terriblemente confusa.

–Lo sé. Y yo también. Cuéntame cómo te ha ido hoy.

Hablaba con voz amable y sus ojos expresaban preocupación. Seguramente era la única persona en el mundo que podía entenderla.

–No muy bien… Mejor dicho, fatal. Siento que no me toma en serio, no sé si porque soy una mujer, pero estoy segura de que con J.D. no se comportaría igual.

–¿Noah?

–Sí.

–J.D. tenía la ventaja de ser hombre, respetado y curtido. Pero tú tienes una fuerza de la que él carecía, y deberías aprender a usarla.

–¿Qué fuerza? ¿Qué tengo yo que él no tuviera?

–Vitalidad, valor y juventud.

–Sí, supongo que viviré más que Noah…

Evan sonrió.

–De todos modos a mí me parece una buena idea.

–¿Cuál?

–La de comprar los derechos de series extranjeras y producirlas en Estados Unidos.

Angelica lo miró con desconfianza.

–¿Y eso cómo lo sabes?

–He preguntado por ahí.

–¿Me has estado espiando?

–Pues claro que he estado espiándote. Si no quieres que lo haga, responde a mis preguntas de manera clara y directa.

–No puedes espiarme, Evan.

–La verdad es que se me da muy bien…

–¿Angie? –Marlene apareció en el patio y se quedó horrorizada al ver el aspecto de Angelica–. Santo Dios. Entra enseguida o pillarás una pulmonía. He hecho jambalaya y galletas de naranja.

A Angelica le rugieron las tripas.

–Me muero de hambre –dijo Evan mientras Marlene bajaba los escalones.

–Ve a ponerte ropa seca enseguida, jovencita.

–Sí –no quería discutir con Evan delante de su tía.

–Tienes los dedos entu… –Marlene ahogó una exclamación al ver el anillo–. ¡Dios mío! –miró a Evan y su rostro se iluminó de felicidad–. Oh, Dios mío…

Evan se compadecía de Angie y no podía quitarse de encima la sensación de que tenía que pedirle disculpas. Marlene se había retirado finalmente a dormir, pero había dejado a Angie emocionalmente agotada con una cacofonía de revistas de novias, retales y modelos de invitaciones.

Durante toda la cena había hablado con un entusiasmo desbordado sobre los preparativos de una nueva boda. Angie había intentado recordarle que ni siquiera habían fijado fecha, pero su tía hizo oídos sordos y recomendó encarecidamente que la boda se celebrara en verano, en el Big Blue.

Cuando por fin se marchó, Angie fulminó a Evan con la mirada.

–No me puedo creer que me hayas espiado.

La acusación lo pilló por sorpresa.

–¿De eso quieres hablar?

–Quiero saber hasta dónde has metido las narices en Lassiter Media.

–¿Qué ha pasado en Lassiter Media? –preguntó Tiffany. Ella y Deke estaban sentados en sendos extremos de un gran sofá.

–Olvídate de Lassiter –dijo Deke–. Parece que el espectáculo de la boda le ha explotado a Angelica en las manos.

–No tiene gracia –farfulló Angelica. Tiffany reprimió una risita–. Ya está bien.

–Lo siento –se disculpó su amiga–. Ya sé que no tiene gracia. Pero es que parece un *reality show*.

–¿El *show* de las novias reacias, tal vez? –preguntó Angelica. Pareció que estaba considerando la idea para una cadena de Lassiter Media, pero volvió a mirar acusatoriamente a Evan y él levantó las manos.

–Te aseguro que si supiera cómo bajar a Marlene de las nubes lo haría.

–No me preocupa Marlene –dijo ella, pero enseguida rectificó–. Bueno, sí, me preocupa Marlene. Pero en estos momentos me preocupa mucho más Lassiter Media.

–Con eso puedo ayudarte –dijo Evan.

–No necesito tu ayuda.

–Soy yo quien adquirió las cadenas británicas y australianas. Conozco a todo el mundo.

–Mi problema no es una cadena británica o australiana. Mi problema es Noah, y lo último que necesito es que un hombre acuda en mi rescate. Eso solo agravaría el problema.

–Entonces, ¿qué vas a hacer?

–¿Lo dices en serio? –se levantó y miró a Deke–. ¿Está hablando en serio? ¿Qué parte de «no es asunto tuyo» no entiendes?

En vez de responder, Deke agarró a Tiffany de la mano.

–Vámonos a la cama. Estos dos tienen que hablar a solas.

Tiffany se soltó.

–Buen intento. Pero tienes razón. Angie, tenéis que hablar. Al principio no estaba a favor de este engaño, pero ahora que se te ha escapado de las manos deberías pensar en una buena estrategia.

–Podríamos mantener el compromiso un tiempo después de la boda –sugirió Evan.

–¿Y prolongar todo esto? –preguntó Angie, claramente horrorizada.

–Así todo el mundo tendría más tiempo para acostumbrarse a nuestra ruptura.

Deke y Tiffany se dirigieron hacia la escalera y Evan se sentó en un sillón junto a Angie, quien estaba girándose el anillo en el dedo.

–¿Cómo nos hemos metido en esto?

–Al principio parecía una buena idea, y la verdad es que ha funcionado. Tenemos la mansión de Conrad para Matt y Kayla.

–Sí, y me alegro, pero piensa en las inesperadas consecuencias… Una o dos mentiras más y acabaremos casados.

Evan se rio por la broma, pero a una parte de él le gustó la idea. Era una posibilidad absurda, desde luego, pero al ver los vestidos de novia de las revistas abiertas en la mesita fantaseó con Angie vestida de novia junto a él.

–He estado pensando en las series de las cadenas extranjeras –dijo, cambiando de tema–. El proyecto Griffin y Cold Lane Park serían ideales para hacer un *remake*.

–¿Series policiacas? –preguntó ella con el ceño fruncido.

–Tienen mucho éxito.

–Estaba pensando en algo más innovador. Alguna serie de superhéroes o de abogados.

–¿*Alley Walker*? –sugirió él–. Empezó teniendo un gran éxito en Australia, pero los índices de audiencia se han estancando.

–Podríamos usar un héroe más joven e introducir el elemento romántico. Y la ropa de cuero atraería a las adolescentes.

–Si encuentras al actor adecuado –comentó él.

–Tenemos que centrarnos en el público de dieciocho a veinticinco años.

Evan no discrepó, pero era una franja de edad bastante difícil.

–¿Qué piensas de Max Truger?

–¿En qué sentido?

–¿Está haciendo un buen trabajo?

–Supongo que sí.

–Estaba pensando que es joven y que podría ser un buen vicepresidente.

–¿Me estás diciendo cómo debo ocuparme de Lassiter Media?

–Te estoy diciendo que me gusta tu propósito de llegar a una audiencia más joven.

–¿Y por eso sientes la necesidad de decirme cómo tengo que hacerlo?

–¿Por qué eres tan susceptible? Estás reaccionando de manera exagerada a una sugerencia razonable.

–¿Porque soy una mujer?

Evan apretó la mandíbula y contó hasta cinco.

–Yo no soy Noah.

–Hablas como él.

–Pues espero que tú no hables así cuando te dirijas a él.

Angelica se levantó echando fuego por los ojos y Evan se arrepintió inmediatamente de sus palabras. La tenía por una mujer serena e inteligente, no por una histérica.

–Lo siento –se disculpó, levantándose también él–. Los dos hemos tenido un día muy largo. Sé que haces muy bien tu trabajo.

La expresión de Angelica se suavizó y sus ojos recuperaron el color. Al principio Evan sintió alivio, pero enseguida se dio cuenta de que ella se estaba retirando.

–Tienes razón –le confirmó ella–. No es un buen momento para discutir nada. Aunque no creo que ningún momento sea bueno para que tú y yo discutamos nada relacionado con Lassiter Media. Aquí he hecho todo lo que he podido. Mañana por la mañana volveremos a Los Ángeles y acabaremos este asunto de la boda para que yo pueda dedicarme por entero a la empresa.

A Evan no le gustó nada la determinación de sus ojos.

–No es eso lo que quería tu padre, Angie.

–¿Estás intentando provocar otra discusión?

–Creía que ya te habrías dado cuenta. Tu padre estaba muy preocupado por ti. Deberías tomarte unos días libres, quedarte en Cheyenne y hacer algo divertido, como montar a caballo o pasear por el bosque.

–Tengo mucho que hacer en Los Ángeles.

–Por eso precisamente estaba tu padre tan preocupado. Siempre habrá trabajo pendiente. No es un objetivo, sino una rutina. Y tú deberías tener cuidado de no sacrificar tu vida.

–Mi padre no tenía nada de qué preocuparse. Me encanta mi trabajo y lo tengo todo bajo control.

Empezó a moverse, pero él la agarró por el codo.

–No se trata de que tú controles Lassiter Media, sino de que Lassiter Media te controle a ti.

–Suéltame, Evan.

–Necesito que pienses en ello.

–Hace mucho que perdiste el derecho a pedirme nada –se zafó de él y se giró.

Viéndola alejarse, Evan pensó que aún necesitaba muchas cosas de ella. Y hacer el amor era solo la primera de la lista.

Los truenos despertaron a Angelica de un sueño irregular. La lluvia golpeaba con fuerza el tejado y entraba por la ventana abierta. Angelica se levantó a cerrarla y acabó con la camiseta y el pantalón corto empapados.

Los relámpagos iluminaban las colinas y el rancho. Sabía que su primo Chance y los vaqueros estarían trabajando allí fuera, asegurándose de que los animales estuvieran bien. La luz podía irse en cualquier momento, pero el rancho disponía de generadores de emergencia.

Se sacudió las gotas de lluvia de los dedos y miró el anillo de Evan. Había pensado en quitárselo antes de acostarse, pero se le había olvidado. Lo tocó justo cuando otro relámpago arrancaba un destello del diamante y el subsiguiente trueno retumbaba en toda la casa.

Estaba furiosa con Evan por meter las narices en Lassiter Media. Peor todavía, sus sugerencias demostraban una completa falta de confianza hacia ella. ¿Acaso no recordaba que ella había llevado las riendas de la empresa mientras su padre aún vivía?

Durante la conversación mantenida con Noah se había percatado de que los ejecutivos más veteranos no confiaban en ella. La habían aceptado mientras J.D. estaba vivo, asumiendo que vetaba sus decisiones desde la sombra. Pero tras su regreso al frente de la empresa, ya sin la presencia de su padre, no la miraban con buenos ojos.

Alguien llamó a la puerta.

−¿Angie? −era la voz de Tiffany.

−Pasa.

−¿A ti también te ha despertado la tormenta?

−Sí.

Tiffany entró con una expresión preocupada mientras otro relámpago iluminaba el cielo.

−¿Corremos peligro?

−Claro que no −la tranquilizó Angelica−. Estas tormentas son frecuentes por aquí. El mayor peligro lo corre el ganado, pero Chance y los vaqueros se encargarán de todo.

Tiffany se sentó en la cama sobre sus pies descalzos. Angelica volvió a la cama y apoyó la almohada contra el cabecero de madera.

–¿Cómo te ha ido con Evan?

–Como era de prever. Él cree tener razón y yo creo que se equivoca.

–¿Habéis hablado de vuestro compromiso de mentira?

Angelica negó con la cabeza.

–Hemos hablado casi exclusivamente de Lassiter Media y de lo que según él debería hacer yo. No puede evitar meter las narices en los asuntos de la empresa, pero yo no necesito sus consejos.

–Creo que intenta ayudar.

–¿De parte de quién estás?

–De la tuya, al cien por cien. Tan solo me preguntaba qué razones tendría para hacerlo.

–Lo hizo por impulso. ¿Sabes cuántas veces he querido llamarlo en los últimos seis meses para decirle que estaba loco? –no pudo evitar una sonrisa al recordarlo–. Seguía teniendo a mis espías dentro de la empresa, aunque no estuviera al mando. Me revelaron que Evan estaba adquiriendo la cadena británica y luego la australiana. Se gastó un montón de dinero de la compañía en muy poco tiempo.

Un relámpago iluminó la estancia, seguido de un trueno que hizo retumbar las paredes. Se oyeron pisa-

das en la escalera y en la planta baja, y voces que lle-
gaban desde el vestíbulo.

—¿Se equivocó? –le preguntó Tiffany.

—¿Mmm?

—¿Se equivocó Evan al comprar esas cadenas.

—Eso creía entonces. Y me sigue preocupando.
Pero así están las cosas, para bien o para mal. Ahora
tenemos esas cadenas y debemos sacarles el mayor
partido posible.

—¿Crees que Evan pensaba a largo plazo?

—Lo que creo es que tiene una ambición enorme y
ni siquiera Lassiter Media era lo bastante grande para
él. Por eso intentó expandirla.

—Creo que le gustas.

—¿Cómo dices?

—He visto cómo te miraba esta noche. Creo que
aún se siente atraído por ti.

—Físicamente, tal vez –igual que le pasaba a ella
con él.

—¿Ha vuelto a besarte?

Angelica titubeó.

—¿Angie?

—Sí.

—¿Cuándo? ¿Dónde?

—En el patio. Anoche.

—¿Te gustó?

Angelica agachó la cabeza y soltó un suspiro de
derrota.

—Siempre me gusta.

—¿Cuántas veces te ha besado ya?

–Dos. Tres… Cuatro, si cuentas el beso de la tienda.

Tiffany se inclinó hacia ella.

–¿Besos castos o apasionados?

Angelica levantó la mirada. No quería seguir mintiendo.

–Apasionados –Tiffany arqueó las cejas–. Sobre todo anoche. Fueron decenas, cientos de besos… Imposible contarlos.

–¿Cientos? –exclamó Tiffany.

–Lo hicimos –le sentaba bien confesarlo.

Tiffany parpadeó con asombro.

–¿Anoche?

–Sí.

Tiffany abrió la boca y volvió a cerrarla mientras los truenos retumbaban amenazadoramente.

–Lo sé, lo sé –dijo Angelica–. Fue una estupidez monumental.

–Estoy anonadada.

–También lo estaba yo.

–Pero… ¿cómo…?

–Soy débil –confesó Angelica–. Él es un hombre muy sexy, y había pasado mucho tiempo desde la última vez que alguien me abrazó. Todo fue tan sencillo, tan familiar, tan… maravilloso –apretó los puños con frustración.

–¿Y ahora qué?

–Ahora nada. Los dos estamos de acuerdo en olvidarlo.

–¿Y cómo lo llevas?

–No muy bien –admitió Angelica–. No me enamoré de él por ser un cretino. Es un buen tipo. Tal vez no pudimos superar los obstáculos, pero las circunstancias eran extraordinarias. Y en el fondo no creo que él se equivocara tanto.

Tiffany se estiró bocabajo en el borde de la cama y se apoyó en los codos.

–¿Alguna vez piensas en la reconciliación de verdad?

–No. Nunca. Han pasado muchas cosas, Tiff. Yo le… –tragó saliva, temiendo echarse a llorar–. Le defraudé. Jamás podrá perdonarme.

–Quizá deberías…

–¡No! –negó vehemente con la cabeza–. He perdido mi oportunidad con Evan. Ahora tengo que concentrarme en Lassiter Media y nada más. No voy a engañarme con falsas esperanzas ni vanas ilusiones.

–Bueno –murmuró Tiffany de mala gana.

En ese momento llamaron a la puerta.

–¿Angelica? –era Deke.

–Pasa.

Deke abrió la puerta.

–Acabo de hablar con Evan. Me ha dicho que te diga que van a levantar un dique de sacos de arena en el arroyo Williams.

Angelica se levantó inmediatamente de la cama.

–¿Temen que se desborde e inunde la carretera?

Deke asintió.

–¿Qué hacemos? –preguntó Tiffany.

–Ir a echar una mano.

Evan se quedó maravillado por la solidaridad que mostraban los rancheros de Cheyenne en un momento de crisis. Había al menos cincuenta personas bajo la lluvia, y llevaban horas trabajando. Hombres, mujeres y jóvenes se alineaban en la orilla, llenando sacos de una camioneta y pasándoselos en una cadena humana hasta el tramo del camino que discurría paralelo al arroyo.

Evan estaba con Deke y Chance al final de la cadena, apilando los sacos más grandes en la base de la barrera, mientras Angie estaba con un pequeño grupo río arriba, terminando la capa superior. Parecía exhausta y tenía el chubasquero pegado al cuerpo, con la capucha hacia atrás y el pelo cayéndole por el pálido rostro. Evan quiso ir hacia ella, levantarla en brazos y llevarla a algún lugar cálido y seco, pero sabía que ella no abandonaría su puesto.

Evan reanudó la tarea, asegurándose de que la base de la barrera fuese sólida. Al levantar otra vez la mirada vio que Angie se había alejado un poco y que estaba comprobando por su cuenta la barrera mientras los otros ya regresaban.

Recordó que la mujer a la que había conocido en un evento social y al frente de una empresa había pasado gran parte de su vida en un rancho. Estaba acostumbrada al trabajo físico. Evan dejó de preocuparse por ella y empezó a sentirse impresionado.

Chance le aferró de repente el brazo.

–¿Has oído eso? –gritó, llamando también la atención de Deke.

Evan prestó atención y la sangre se le heló en las venas al escuchar el rugido procedente del arroyo.

–¡Atrás! ¡Rápido! –les gritó Chance a todos–. ¡Salid del cauce! ¡Vamos!

Deke y Evan echaron a correr por la orilla, repitiendo la orden de Chance. El ruido era cada vez más fuerte y Evan vio la riada de agua y escombros avanzando hacia ellos.

–¡Angie!

Era la que estaba más lejos. Un recodo del arroyo y un grupo de árboles le impedían salir del cauce. Estaba corriendo hacia él.

–¡Vete! –le gritó, indicándole que se pusiera a salvo–. Ya llego.

Pero la riada se acercaba por detrás. No podría escapar a tiempo.

–¡Corre! –la acució, lanzándose hacia ella a toda velocidad.

Entonces ella tropezó, cayó sobre las rocas y a Evan se le detuvo el corazón.

–¡Angie!

Capítulo Ocho

Evan estaba a diez metros de ella. Cinco. Dos…

Angelica se incorporó y se levantó con dificultad. Él la rodeó firmemente por la cintura y la llevó a cuestas hacia la carretera. Cincuenta pares de ojos estaban fijos en su desesperada carrera hacia la salvación.

–¡Mi hombro! –se quejó ella.

–Sujétate.

No había un segundo que perder. Chance corría hacia ellos, pero entonces miró detrás de Evan y se puso pálido. Evan supo lo que estaba viendo… Un torrente de agua turbia y oscura arrastrando piedras, troncos y ramas. No había manera de escapar.

Rápidamente cambió de táctica y llevó a Angie hasta el árbol más cercano. La agarró por los muslos y la levantó tan alto como pudo.

–Agárrate a lo que sea –le ordenó.

–Ya está –gritó ella, asiéndose a una rama lo bastante gruesa para encaramarse.

Pero a Evan no le quedó tiempo y la riada lo alcanzó de lleno. Tomó aire, cerró los ojos y se abrazó al tronco con todas sus fuerzas. El tronco le protegía la cara y el cuerpo del impacto, pero las ramas le golpeaban y laceraban los hombros, brazos y piernas.

Justo cuando los pulmones iban a estallarle, el agua descendió y pudo tomar aire.

–¡Evan! –oyó el grito de Angie sobre su cabeza. Pero entonces el agua volvió a anegarlo, y esa vez no pudo resistirlo. El frío le entumeció los dedos y empezó a soltarse del tronco. Estaba perdido, pero al menos Angie se había salvado…

El agua volvió a retroceder y se llenó los pulmones de aire.

–Sube –lo acució Angie–. ¡Sube, Evan!

Tenía el agua por el cuello. Abrió los ojos y vio la espuma y la broza a su alrededor. La improvisada presa había desaparecido, junto con parte de la carretera. Pero todo el mundo estaba en la orilla, lejos del peligro.

–¡Vamos, Evan! –le gritaba Angie–. ¡Sube!

Apretó los dientes y levantó un brazo. Alcanzó una rama y se aferró con una mano congelada. La corteza se le clavó en la piel, pero consiguió sujetarse y levantó el otro brazo. Trepó con los pies por el tronco hasta encontrar un punto de apoyo. Se empujó con todas sus fuerzas y alcanzó una rama más alta, y otra, y otra…

Finalmente salió del agua y se dejó caer en una gruesa rama junto a Angie.

–Gracias a Dios… –susurró ella. Tenía la cara mojada y pálida y se aferraba al árbol con la mano derecha, dejando el brazo izquierdo colgando.

–Por poco.

–¿Estás bien?

–No te preocupes por mí –avanzó hacia ella–. Tienes el hombro dislocado.

–Has estado a punto de morir.

–Estoy bien.

Ella tragó saliva y empezó a tiritar. Debía de estar agonizando de dolor.

–Creo que puedo ayudarte.

–¡No me toques!

–Confía en mí.

–Enseguida vendrán a por nosotros. Chance habrá llamado a los servicios de emergencia…

Evan siguió avanzando hacia ella, centímetro a centímetro. La gente les gritaba desde la orilla, la crecida rugía a sus pies y seguía lloviendo a mares, pero Evan solo se concentraba en Angie.

–Voy a pasar mi brazo alrededor de tu cintura –le advirtió.

–No, Evan, por favor… –le suplicó ella, pero él lo hizo de todos modos.

–Relájate, Angie. Te sentirás mejor.

–Puedo esperar.

–Ya sé que debe de dolerte mucho.

–Estoy bien.

Él le puso la otra mano en el antebrazo del costado lastimado.

–Relájate –le susurró al oído–. Por favor, cariño, relájate y confía en mí.

–Está bien –asintió temblorosamente.

–Voy a moverte el brazo muy despacio. No haré ningún movimiento brusco –siguió hablando mientras lo hacía con la esperanza de distraerla–. Tienes razón. Enseguida vendrán a sacarnos de aquí y dentro de nada estarás en casa –le dobló el codo y le giró el antebrazo–. Seguro que Marlene habrá preparado chocolate caliente y galletas… –le enderezó con cuidado el hombro–. Espero que haya hecho sus galletas de nueces y avena –le subió lentamente el brazo al tiempo que le giraba el hombro.

Ella ahogó un gemido de dolor cuando el hombro volvió a estar en su sitio.

–Ya está –le dijo Evan–. ¿Cómo te sientes?

–Mucho mejor –respondió ella entre jadeos.

Él cedió al impulso y la besó en la cabeza.

–Estupendo.

–Me has salvado la vida.

–Has trepado a un árbol con un hombro dislocado. Yo solo te he dado un empujoncito.

–¿Evan? –lo llamó Chance desde abajo, tan cerca del árbol como podía sin que lo arrastrara la crecida–. ¿Estáis bien?

–Sí, pero Angie necesita que la vea un médico.

–¿Qué le ha pasado?

–Se ha lastimado el hombro, nada más.

–Estás sangrando –observó Angie.

Evan se miró el cuerpo. Tenía las mangas y los pantalones desgarrados y varios cortes profundos.

–No es grave. Soy un tipo duro.

–Lo eres –corroboró ella. ¿Dónde has aprendido a arreglar un hombro dislocado?

Él dudó en decírselo.

–En un vídeo de Youtube.

–La próxima vez quizá deberías ver un vídeo de neurocirugía, ya que aprendes tan rápido.

A Evan le gustó que estuviera bromeando.

–¿Por si me va mal en los negocios?

–¿Qué negocios?

Evan se cambió de postura para estar más cómodo en la rama.

–¿Puedo confiar en que mantendrás el secreto?

–Sí, puedes.

–¿No se lo dirás a la prensa como hizo Conrad?

–Nunca hablo con la prensa. Aunque quizá deberíamos contarles esto… ¡Eh, Chance!

–¿Qué quieres? –le preguntó su primo desde abajo.

–Que nos saques una foto.

Incluso desde tan lejos Evan vio la sonrisa de Chance.

–Ya tenemos bastantes fotos.

–Una foto de este momento debería complacer a Conrad . Intenta parecer exultante por haberme salvado la vida.

–Estoy exultante por haberte salvado la boda.

—Háblame de ese negocio tuyo.

–Está bien, pero es confidencial. Lex, Deke y yo estamos pensando en comprar el Sagittarius.

–La sorpresa de Angelica era evidente.

–¿Vas a dirigir un hotel?

–Los tres.

–Pero… Quiero decir… Lo de Lex puedo entenderlo, pero ¿Deke? ¿Y tú?

–Me abruma tu confianza.

–Sabes a lo que me refiero. No tienes experiencia dirigiendo hoteles.

Él frunció el ceño.

–No estás siendo muy amable con el hombre que acaba de salvarte la vida…

–En serio, Evan. Con Lassiter Media no hiciste lo mismo. Te pasaste años aprendiendo los entresijos de la empresa.

–Y ahora aprenderé lo que haya que aprender sobre el negocio hotelero. Seguramente habrá algún vídeo en Youtube.

–¿Vas a usar el dinero de J.D.?

–Sí, pero aún no he decidido cómo. Estoy pensado en abrir un fondo fiduciario, usar el dinero como un préstamo participativo y donar los beneficios a una obra benéfica.

–¿Por qué no comprar acciones simplemente?

–Porque sería jugar sucio, igual que hizo tu padre conmigo. Yo jamás habría aceptado formar parte de algo así.

De lejos llegó el sonido de las sirenas, y por la carretera aparecieron las luces parpadeantes.

–Parece que ha llegado la caballería –dijo Angie–. Espero que hayan traído una barca.

Angelica se sentía como si hubiera retrocedido en el tiempo hasta los años de su adolescencia. Eran casi las diez de la noche, fuera llovía y habría que esperar hasta la mañana siguiente para las labores de limpieza. En el gran salón del Big Blue, Marlene repartía tazas de chocolate caliente mientras Chance relataba la aventura del río, la solidaridad y entrega demostradas por todos, y sin escatimar detalles del heroico rescate de Evan.

Por suerte nadie más había resultado herido por la riada.

Tras hacerle una radiografía a Angelica y constatar que el hombro estaba bien, el médico le recetó algunos analgésicos y le dijo que guardara reposo durante una semana. Angelica se sentía plácidamente cansada y atontada mientras miraba a Evan. Le había salvado la vida arriesgando la suya propia. ¿Cómo podía darle las gracias?

−¿Cómo está el chocolate? −le preguntó Tiffany, acurrucándose junto a ella en el sofá.

El fuego crepitaba en la gran chimenea de piedra, y de la cocina llegaba el delicioso olor de las galletas recién hechas. La lluvia golpeteaba incesantemente en los cristales.

−Delicioso −respondió Angelica, tomando un sorbo.

−¿Así era en tu infancia? −preguntó su amiga, mirando la atmósfera cálida y hogareña que se respiraba a su alrededor.

−Exactamente igual… A veces lo echo de menos.

−Definitivamente no tiene nada que ver con Los Ángeles.

−Me gustan los dos sitios −afirmó ella, aunque en

aquellos momentos prefería Cheyenne. Le encantaría quedarse allí unos días más y no pensar en nada.

–¿Cómo están las cosas entre tú y Evan?

–Bien. Me ha salvado la vida, así que tendré que perdonarlo por haberme espiado.

–Deberías hacerlo –corroboró Tiffany.

Angelica recordó el momento en el que Evan la había subido al árbol.

–¿Crees que…?

–¿Qué?

–¿Crees que lo habría hecho por cualquiera? Podría haber muerto. Le faltó muy poco.

Estando en sus brazos, Angelica se había dado cuenta de lo mucho que lo echaba de menos. Muy pronto, cuando se hubiera celebrado la boda, Evan seguiría su camino y se convertiría en el héroe de otra mujer. A Angelica la entristecía enormemente pensar en ello.

–Tú lo conoces mejor que yo –respondió Tiffany suavemente.

–Creo que sí lo habría hecho. Habría arriesgado su vida para salvar a cualquiera. Él es así.

Tiffany le puso una mano en el hombro sano.

–Estás bajo los efectos de los analgésicos. Mañana te parecerá todo más sencillo.

Angelica sonrió.

–No lo había pensado.

–Y además acaban de salvarte la vida. Seguramente tienes las hormonas revolucionadas por un sentimiento de gratitud.

–¿Eso existe?

–Seguro que a los bomberos y policías no les falta sexo… o al menos, proposiciones. Aunque supongo que están moralmente obligados a rechazarlas.

Angelica estuvo de acuerdo con ella. Después de la riada se habría ido a la cama con Evan sin dudarlo.

Sus miradas se encontraron y él le sonrió con dulzura. A Angelica se le encogió el pecho de emoción y de nuevo se sintió transportada al pasado, cuando los dos estaban felizmente enamorados y comprometidos.

Evan le dijo algo a Chance y fue hacia ella.

–¿Quieres que me marche? –le preguntó Tiffany, pero Angelica la agarró de la mano.

–Quédate.

Evan miró a Angelica.

–¿Qué tal?

–Atiborrada de analgésicos.

–Entonces quizá sea un buen momento para pedirte un favor…

Los nervios le sacudieron el estómago.

–Depende…

–No pongas esa cara. No te dolerá.

–Pero seguro que tampoco me gusta.

–Es posible… Quiero que me dejes ayudarte con Noah.

–No.

–¿Vas a verlo otra vez antes de regresar a Los Ángeles?

–Esa es mi intención.

Evan se sentó en el brazo del sofá.

–Quiero que tengas éxito, Angie.

–Voy a tenerlo –era la presidenta ejecutiva de Lassiter Media. Podía tomar todas las decisiones unilaterales que quisiera.

–Puedo ayudarte.

–No creo que sea el momento para discutir –intervino Tiffany–. Angelica necesita descansar.

–Tienes razón –dijo ella–. Debería irme a la cama.

No quería discutir con Evan, pero tampoco quería ceder ante él. Aunque, por mucho que odiara admitirlo, en aquellos momentos le parecía una buena idea contar con un poco de ayuda. Y esa forma de pensar era bastante peligrosa…

Se terminó el chocolate y les dio las buenas noches a todos. Los analgésicos habían surtido efecto y el hombro apenas le dolía. Se quedó dormida enseguida.

El teléfono la despertó. Abrió los ojos y vio que solo había dormido unos minutos. Era el número de Kayla, de modo que respondió.

–¿Angie? Soy Kayla. ¿Estás bien?

–Un poco grogui, pero sí, estoy bien.

–Hemos visto las imágenes de la inundación por la LNN. ¿Ha sufrido daños el Big Blue?

–Muy pocos. Pero está todo empantanado. Hacía años que no llovía tanto.

–Mañana por la mañana vamos para allá. El rancho de los Dyson ha sufrido importantes daños y he oído que van a necesitar otro generador en el hospital.

–Todo el mundo aquí está ayudando.

–Lo sé. Y también nosotros queremos hacerlo.

Angelica la entendió. Ella tendría que regresar pronto a Los Ángeles, pero se quedaría todo el tiempo posible y Lassiter Media contribuiría generosamente a los trabajos de reconstrucción.

–Siento haberte llamado tan tarde, pero quería decírtelo cuanto antes y en persona –pareció dudar un momento–. Con todo lo que está pasando... Bueno, Matt y yo lo hemos hablado y... No nos parece que sea el mejor momento para celebrar una boda en Malibú por todo lo alto.

Angelica se incorporó tan bruscamente en la cama que sintió un doloroso tirón en el hombro.

–¿Qué?

–Hemos pensado en posponer la boda. Tenemos que ir a Cheyenne a ayudar, y no podemos seguir planeando la boda mientras estamos allí. Sé que te has volcado por entero en los preparativos, pero... –su tono era de disculpa.

–No se trata de mí, sino de tu boda. Tienes que hacer lo que te pida el corazón.

Kayla soltó un suspiró de alivio.

–No podría hacerlo. No podría brindar con champán enfundada en un vestido de tres mil dólares mientras nuestros amigos y vecinos están sin agua ni electricidad.

–Te entiendo –dijo Angelica.

–Matt va a llamar a Conrad Norville. Pero ¿puedes decírselo tú a Evan?

Angelica tragó saliva.

–Claro.

–Gracias. Y muchas gracias por entenderme.

Angelica dejó el teléfono y se levantó. Seguramente Kayla pensaba que solo tenía que darse la vuelta y decirle a Evan lo de la cancelación, ya que creía que estaban otra vez juntos y que por tanto dormían en la misma cama.

La casa estaba en silencio. Todo el mundo se había ido temprano a la cama, pues al día siguiente les esperaba un duro día de trabajo.

No había boda, se dijo a sí misma de camino a la puerta. No había boda, se repitió mientras recorría el pasillo y bajaba la escalera. No había boda…

Atravesó la cocina en dirección a la habitación de invitados que ocupaba Evan. Por debajo de la puerta salía luz, lo que significaba que Evan seguía despierto.

Llamó suavemente a la puerta.

–¿Sí?

Ella abrió y asomó la cabeza. La lámpara de la mesilla estaba encendida.

–Soy yo.

–¿Angie? ¿Qué ocurre? ¿Estás bien?

–Sí –entró en la habitación y cerró tras ella.

–¿Seguro? –Evan dejó el libro que estaba leyendo mientras Angelica atravesaba descalza la habitación y se sentaba en el borde de la cama–. ¿Qué ocurre?

–Ha llamado Kayla –él esperó–. Han visto en las noticias las imágenes de la inundación y han decidido venir a ayudar.

–No me sorprende.

–También han decidido cancelar la boda.

Evan se echó hacia atrás.

–¿Cancelar la boda?

–No quieren celebrar una fiesta en Malibú mientras la gente lo pasa mal en Cheyenne.

–Supongo que es lo correcto –dijo él. Se miraron un momento a los ojos y Evan bajó la mirada al anillo de Angelica–. Bueno, supongo que nuestro plan secreto…

–Ha sido una gran pérdida…

–De tiempo.

–Iba a decir de esfuerzo.

–También –se pasó una mano por el pelo–. Por no hablar de las mentiras.

Ella empezó a quitarse el anillo del dedo, pero él la detuvo con la mano.

–No –Angelica lo miró confundida–. Si rompemos ahora parecerá muy extraño.

–¿Y qué? No creo que haya un momento mejor.

–La gente ya tiene bastantes preocupaciones.

–Nuestro supuesto compromiso no va a ayudar en nada a la reconstrucción.

–Eso es cierto –corroboró, pero sin retirar la mano–. ¿Y Lassiter Media?

Ella se puso en guardia.

–¿Qué pasa con la empresa?

–Ya tienes un problema con Noah. ¿Cómo pretendes inspirar credibilidad y confianza si vuelves a romper nuestro compromiso?

–¿Y por qué tendría que ser yo quien lo rompiera? De cara a los demás también podrías haber sido tú.

–Se preguntarán por qué.

–Por amor de Dios, Evan…

–Si soy yo quien rompe, te arriesgarás a que la gente se imagine los motivos.

–No serían ciertos.

–Los rumores casi nunca lo son. Y tú eres más conocida que yo. ¿Quién crees que sería el blanco de las habladurías?

–No podemos seguir comprometidos.

–Podemos esperar un poco.

–¿Cuánto? ¿Y por qué no nos casamos mejor? Así nadie sospecharía que el compromiso es una farsa.

–Ese sarcasmo sobra.

–Yo creo que no. Tenemos un problema como una catedral.

–Y también tenemos la solución, aunque solo sea temporal. No estoy diciendo que nos quedemos así toda la vida, Angie. Podemos romper cuando queramos. Pero no esta noche, ni mañana. Esperemos a que los otros problemas se resuelvan por sí solos. Así será todo más fácil.

–¿Crees que esto es fácil? –para ella no lo era en absoluto. Pasar tiempo con Evan, hablar con él, reír con él, recibir sus ligeras caricias. Cada minuto del día recordaba la vida que habían tenido juntos, por qué se había enamorado de él y lo doloroso que había sido perderlo.

–¿Tienes frío? –le preguntó él. Ella no respondió,

150

pero se estaba congelando–. Métete en la cama –la invitó, retirando la manta.

–¿Te has vuelto loco?

–Tienes un hombro lastimado, te has puesto ciega de analgésicos y te estás helando. Sabré comportarme como un caballero.

Ella titubeó, pero la promesa del calor era demasiado tentadora. Se sentó junto a él y Evan le cubrió las piernas. No se tocaban, pero el calor de su piel la envolvía.

–¿Mejor? –ella asintió–. Hace días que no hablamos.

–No me gusta.

–Lo sé. Y no te culpo.

–¿Y tú? Para ti tampoco puede ser fácil. Tienes que estar conmigo y fingir que…

–¿Que me gustas? Siempre me has gustado, Angie. Puede que seas un poco extravagante y que estés ligeramente desencaminada…Y hoy has estado a punto de matarme.

–Esa parte sí es cierta.

–Pero con todo no eres tan desagradable.

Ella lo golpeó en el muslo.

–Son los analgésicos. Te hacen estar un poco confundida.

–¿Por eso he accedido a seguir comprometida contigo?

–No, eso lo ha decidido la parte de tu cerebro que aún conserva la lucidez.

–¿Qué esperas conseguir con todo esto?

151

—Sigo confiando en poder ayudarte con Noah.

—Eso sí que no. Además, ¿por qué quieres hacerlo si eso solo me beneficiaría a mí?

Él le rodeó los hombros con el brazo.

—Una vez estuve enamorado de ti, Angie. Perdidamente enamorado. Y ese tipo de sentimientos no se evaporan en el aire sin más.

—Es como un hechizo.

—Sí… Que se apodera de mí y no me suelta.

—Y de mí.

Él la apretó suavemente.

—Quizá por eso hicimos el amor.

Angelica sintió una ola de calor.

—Supongo…

—Mientras lo hacíamos era como si nunca nos hubiésemos separado —dijo él en voz baja y sensual.

Ella tenía miedo de responder, porque estaba completamente de acuerdo.

El aire se cargó de tensión. Él le acarició el pelo y la mejilla y la miró intensamente a los ojos.

—Nadie lo sabría…

La excitación prendió en su interior y empezó a propagarse por todo su cuerpo. Entendía lo que quería decir. Si volvían a hacerlo nadie lo sabría. ¿Y qué podría cambiar? Ya habían cedido una vez a la tentación y no había servido de nada, pero tampoco había empeorado la situación.

Evan la besó tiernamente en los labios.

—Dime si te hago daño… Dímelo y me detendré.

Capítulo Nueve

Evan la rodeó con un brazo por la cintura y la hizo tumbarse de espaldas. La camiseta se le subió y dejó al descubierto la piel exquisitamente suave de su vientre liso. Era todo lo que él siempre había recordado y amado.

–Eres preciosa…

–Y tú eres tan fuerte… –le acarició los hombros y brazos desnudos. Evan solo llevaba puestos unos boxer.

Frunció el ceño al fijarse en su torso.

–Estás herido.

–Son solo unos rasguños.

–Parecen profundos. Tengo miedo de tocarte.

–No lo tengas, por favor –le puso la mano en el vientre–. Porque yo me muero por tocarte –volvió a besarla en los labios con la esperanza de tranquilizarla. Lo último que quería era que Angie tuviese dudas.

Ella aceptó su beso y le echó los brazos al cuello. Evan la abrazó por la cintura para no tocarle el hombro y la besó con más intensidad. Sus lenguas se entrelazaron y la pasión barrió cualquier otro pensamiento de su mente. Solo podía pensar en ella. En que finalmente volvía a tenerla en su cama.

Deslizó la mano hacia arriba y le acarició el costado del pecho, desnudo bajo la minúscula camiseta. A continuación bajó hasta la cintura y le recorrió la curva de la cadera, el trasero y el muslo. Ella se apretó contra él. La sensación era tan maravillosamente familiar que a Evan se le secó la garganta.

–Te he echado de menos.

Ella le sujetó la barbilla y lo besó apasionadamente.

–Me siento tan confusa...

–Todo saldrá bien, te lo prometo.

Sabía que sus palabras no tenían ningún sentido, pero quería que fueran ciertas. Esperaba con un anhelo desesperado no tener que volver a hacerle daño nunca más.

Ella se quitó la camiseta y Evan se quedó fascinado al ver sus hermosos pechos. Pegó la piel a la suya, absorbiendo su calor y suavidad, y ella empezó a besarlo en el pecho.

–¿Te hago daño?

–Al contrario. No hay mejor cura para mis heridas.

–No creo que el sexo tenga propiedades terapéuticas –dijo ella en tono jocoso.

–Vamos a comprobarlo enseguida.

Impaciente por tenerla desnuda, le quitó los pantalones cortos y los arrojó al suelo. Acto seguido se quitó los boxer y se tumbó de espaldas, apretándola contra él.

–Dime si te hago daño.

–No siento nada –respondió ella mientras lo besaba.

–¿Nada? Vaya… –deslizó la mano entre sus muslos–. ¿Sientes esto?

Ella soltó un gemido y él continuó acariciándola.

–¿Y esto?

–Evan… –su respiración se aceleró.

–¿Y esto?

Ella se abrazó fuertemente a él y enterró la cara en su cuello.

–No pares…

Incapaz de esperar un segundo más, la penetró y sintió la humedad y el calor de su cuerpo envolviéndole la erección. Intentó tomárselo con calma, pero era imposible. Volvió a colocarla boca arriba y ella levantó las caderas.

–Sí… Así…

Él se apoyó en los brazos y contempló su rostro. Tenía los ojos cerrados y las pestañas recortadas contra su piel cremosa, el pelo alborotado, las mejillas encendidas, los labios carnosos y entreabiertos… Podía excitarse solo con mirarla.

Un gemido brotó de sus labios. Le rodeó con las piernas y entrelazó los tobillos en su trasero. Evan quería proceder con delicadeza, pero el deseo era demasiado fuerte y le acuciaba a penetrarla más y más rápido.

–¡Evan! –gritó ella finalmente, hundiendo la cabeza en la almohada.

Él sintió sus estremecimientos y convulsiones, y un instante después la siguió al orgasmo.

Transcurrió un largo rato hasta que pudo moverse.

Se tumbó de espaldas y tiró de la manta. Ella apoyó la cabeza en su pecho, haciéndole cosquillas en el cuello con el pelo. Sus cuerpos se acoplaban a la perfección. Las heridas no dolían. Era como estar flotando en una nube.

—Eres increíble —le dijo mientras le acariciaba el pelo. Quería decirle mucho más, pero ninguno de los dos podía permitirse ir más allá del momento.

Ella le trazó una línea en el pecho con la punta del dedo.

—No me puedo creer que todo haya sido para nada.

—¿A qué te refieres?

—Tú, yo, Conrad, la prensa, mis hermanos, Marlene…

—Ah, sí. Bueno… ¿Quién podría haber previsto la inundación del siglo?

—Si no nos hubiéramos inventado la historia, si no le hubiéramos mentido a nadie, habría sucedido lo mismo.

—Si no hubiéramos mentido, yo no te habría seguido hasta aquí y te habrías ahogado en el río.

—¿Nuestras mentiras me han salvado la vida?

—Yo creo que sí.

Ella lo pensó un momento.

—Si no hubiéramos mentido, yo no habría hablado con Conrad y él no me habría dado la idea de las series. Noah y yo no habríamos discrepado sobre la programación y yo no habría venido a Cheyenne.

—Pero es una buena idea —replicó Evan—. Si no hacéis cambios en la programación, Lassiter Media empezará a perder audiencia, disminuirán los ingresos por la publicidad, acabará declarándose en bancarrota y con ella se hundirá todo el imperio Lassiter.

La risita de Angelica retumbó en su pecho. Era otra sensación dolorosamente familiar.

–¿Acabamos de salvar el imperio Lassiter por mentirle a mi familia y a todo el mundo?

–A Deke y a Tiffany no les hemos mentido, pero sí.

–Necesitas un caballo blanco, Evan McCain.

–Tu caballo Delling es tordo. Podría servir.

La voz de Angelica se hizo más débil, señal de que se estaba quedando dormida.

–Es una lástima que no te casaras conmigo… Habría sido tuyo.

Mucho rato después, mientras ella dormía plácidamente, sus palabras seguían resonando en la mente de Evan.

«Es una lástima que no te casaras conmigo».

Angelica volvió sigilosamente a su habitación a las seis de la mañana. Evan la había despertado de un profundo sueño para darle a elegir entre quedarse un rato más con él o volver a su cuarto antes de que se levantaran los demás. Por un segundo estuvo tentada de quedarse, pero era un impulso absurdo. Ya no eran una pareja.

Abrió la puerta de su cuarto sin hacer ruido y se sobresaltó al ver a Tiffany sentada en su cama.

–¿Has estado abajo? –le preguntó su amiga.

–Me ha llamado Kayla –Angelica cerró tras ella y se apoyó de espaldas en la puerta–. Tenía que decirle a Evan que han cancelado la boda.

Tiffany se levantó.

–¿Cuánto tiempo has necesitado para decírselo?

Angelica pensó en mentir, pero era Tiffany.

–Seis horas.

La expresión de Tiffany se relajó.

–¿Quieres hablar de ello?

–No lo sé… –respondió con sinceridad. Fue hasta la cómoda y abrió un cajón. La única cosa lógica que podía hacer era vestirse y seguir adelante con el día.

–¿Qué dirías si quisieras hablar? –insistió Tiffany, acercándose a ella.

Angelica se aferró al cajón medio abierto.

–Que Evan es el mejor amante de todo el universo.

Hubo un momento de silencio.

–¿Qué vas a hacer?

Buena pregunta.

–Lo primero, vestirme –sacó unos vaqueros y una camiseta verde del cajón y los arrojó sobre la cama–. No. Lo primero es lavarme los dientes.

–Está bien, pero ¿qué vas a hacer con lo realmente importante?

–Nada. Él no lo pidió ni yo tampoco. No ha cambiado nada, Tiffany. Simplemente no pudimos contenernos.

–Me refiero a Kayla y a Matt. Pero si quieres hablarme de tu vida sexual, estoy encantada de escucharte.

Angelica puso una mueca y se dirigió hacia el cuarto de baño.

–Van a venir a Cheyenne a echar una mano. No quieren celebrar una boda ostentosa mientras la gente intenta recuperarse del desastre.

–Me parece una decisión muy razonable –dijo Tiffany–. No me esperaba menos de ellos –fue hacia la puerta del baño–. Pero un momento… Eso significa que tú y Evan no estáis obligado a seguir fingiendo.

–Eso fue lo que le dije anoche.

–¿Y aun así te acostaste con él? ¿Eso qué sentido tiene, Angie?

Angelica enjuagó el cepillo de dientes.

–Evan no quiere que rompamos de golpe. Por mi familia, especialmente por Marlene. Cree que deberíamos ir desilusionándolos poco a poco. Además, según él mi imagen en Lassiter Media saldría muy mal parada si rompiéramos tan poco tiempo después de habernos reconciliado –cerró el grifo–. Y creo que algo de razón tiene, porque ya estoy teniendo problemas con los mandamases de la empresa.

–Tú estás por encima de todos ellos, Angie. Puedes mandarlos a paseo.

Angelica sabía que no era tan fácil.

–Mi padre los eligió personalmente. Son la espina dorsal de la compañía.

–Y tú eres la presidenta. Tienen que acatar tus decisiones les guste o no.

Angelica escupió el agua y volvió a enjuagar el cepillo.

–Estoy segura de que acabarán haciéndolo. Pero quiero que me respeten, no que me teman. Cuanto antes me gane su respeto más fácil será todo. Dar una imagen frívola e inconstante en el aspecto emocional no me ayudará en nada.

–¿Entonces? ¿Vas a tener que casarte con Evan para no dar una mala imagen a los vicepresidentes?

Angelica soltó una carcajada.

–Eso fue exactamente lo que le dije a Evan.

–¿Y qué dijo?

–Que no había necesidad de ser sarcástica. Tenía razón.

–¿Y qué más?

–Que no era tan antipática y que podía quedarse conmigo un poco más, por el bien de la causa.

Tiffany sonrió.

–Bonitas palabras… Entiendo por qué te metiste en su cama.

–No. Eso fue cuando me dijo que había estado enamoradísimo de mí y que un sentimiento tan fuerte no se evapora en el aire sin más.

Tiffany se puso seria.

–Eso sí que es eficaz…

Angelica volvió al dormitorio y se sentó en la cama.

–Debería haber sabido cómo reaccionar, pero me sentía terriblemente confusa.

Tiffany se sentó a su lado.

–¿Quieres volver con él? ¿Volver a intentarlo?

–Dejando a un lado el hecho de que quemé ese

puente hasta que no quedaron ni las cenizas, no estoy tan segura como antes de no querer volver con él.

–¿Entonces quieres volver con él?

–Ya no sé ni lo que quiero.

–Creo que has hablado con demasiados periodistas.

–No sé… Estoy confusa.

En ese momento recibió una llamada al móvil. Era su secretaría en Los Ángeles.

–Hola, Becky. ¿Qué ocurre?

–Acabo de recibir un mensaje de alguien de la oficina de Cheyenne –la informó Becky rápidamente–. Es Noah. Esta mañana ha tomado el primer vuelo con destino a Los Ángeles.

Angelica se puso en pie de un salto.

–¿Para qué?

–No lo sé, pero ha sido todo tan repentino que me resulta sospechoso.

–Voy para allá. Gracias, Becky.

–¿Qué pasa? –le preguntó Tiffany.

–Será mejor que prepares tus cosas. Volvemos a Los Ángeles.

Noah llegó antes que Angelica a Los Ángeles, y ya estaba reunido con Ken Black y Louie Huntley, los vicepresidentes encargados de las series dramáticas y de las comedias, cuando ella llegó a la oficina. Le disgustó la jugada de Noah, pero no podía decirle nada. Los vicepresidentes se reunían a menudo, con o sin el presidente.

En la nueva sala de juntas el cuadro del Big Blue dominaba orgullosamente la pared. Los hombres estaban sumidos en una discusión, y cuando Angelica entró Noah estaba diciendo que Lassiter Media debía seguir produciendo todo el contenido de sus cadenas. Más aún, afirmaba que J.D. lo habría querido así.

–Angelica… –dijo Ken sin disimular su sorpresa–. Has vuelto.

–He vuelto –corroboró ella.

–¿Estás bien? –le preguntó Louie.

–Muy bien –se volvió hacia Noah–. ¿Qué decías?

–Bienvenida –dijo él secamente.

Hubo un breve e incómodo silencio.

–Es un pilar de la empresa –dijo Ken–. Lo que nos distingue de la competencia. La programación de nuestras cadenas está íntegramente producida por Lassiter Media. Ni tú ni nadie puede cambiar eso.

Becky ocupó un asiento en el extremo de la mesa.

–La industria está cambiando –dijo Angelica–. Echad un vistazo a lo que se emite por cable o por Internet.

–¡Lassiter Media jamás se rebajará a la basura que se ve en Internet!

–¿Quién ha dicho nada de basura? –les preguntó Angelica a todos–. Lo que propongo son versiones de unas series de gran audiencia y aptas para todos los públicos. Series que han sido producidas por unas cadenas extranjeras que ahora forman parte de Lassiter Media.

–No fueron producidas por Lassiter Media –objetó

Louie–. ¿Quieres comprometer nuestro sello reduciendo la calidad y la creatividad?

–Son unas series excelentes y tienen un gran éxito.

–¿Desde cuándo nos guiamos por lo que le guste a la mayoría? –preguntó Ken.

Angelica estuvo a punto de preguntarles desde cuándo los vicepresidentes se permitían ignorar las decisiones del presidente, pero se mordió la lengua. Tenía que ganarse la confianza de aquellos hombres, no convertirlos en enemigos.

–El resultado es lo que cuenta.

–También la fidelidad a nuestros principios –dijo Noah.

–Os estoy pidiendo que formemos un equipo. Que elijamos una serie, elaboremos un guion y veamos qué pasa –no era una orden directa, pero casi.

Los tres hombres se miraron entre ellos. Noah desvió la mirada hacia el cuadro del Big Blue. Seguramente estaba añorando a J.D.

–Muy bien –dijo él–. Me parece una pérdida de tiempo y de personal, pero prepararemos algo.

–Gracias –Angelica asintió brevemente y los hombres abandonaron la sala de juntas.

Becky revolvió algunos papeles en el extremo de la mesa. Había sido la secretaria de J.D. durante los últimos años y había permanecido en silencio durante toda la reunión.

–¿Qué te parece? –le preguntó Angelica.

–No sé nada sobre la programación –respondió ella, desconcertada por la pregunta.

163

—Conocías bien a mi padre. Lo viste tratar a Noah, Ken y Louie, y a otros muchos directivos.

—Tú eres más simpática que él. Quiero decir…

—Tranquila. Si no quisiera saber tu opinión no te la habría pedido.

Becky dudó un momento.

—Ellos nunca le habrían hablado así al señor Lassiter. Le habrían dado la razón en todo.

Angelica sonrió.

—Mi padre ejercía ese efecto en las personas.

—Era un hombre muy listo.

—Sí que lo era. Solo por curiosidad, ¿qué forma de ser te parece más efectiva?

Becky volvió a dudar.

—Diría que un punto medio. Alguien tiene que estar al mando, pero hay otros que también tienen buenas ideas.

A Angelica le intrigó la intuición de Becky. Durante mucho tiempo había asistido a las reuniones de los directivos y había conocido las ideas y opiniones de J.D. antes que nadie.

—¿Qué piensas de Max Truger?

La secretaria volvió a dudar.

—Me gusta. Parece que lo respetan, es muy cortés con el personal y siempre me ha parecido muy inteligente. Pero es mucho más joven que la mayoría de los directivos…

—Estoy de acuerdo contigo. ¿Hay alguien más que te parezca amplio de miras?

—Lana Flynn, de marketing. Solo es directora, pero

es brillante. Y Reece Ogden-Neeves, del departamento de películas. Es mayor, pero de mente abierta.

A Angelica también le gustaba Reece.

–¿Por qué me pregunta todo esto? –quiso saber Becky.

–Porque durante años has estado presente en las reuniones más importantes de la empresa. Pero sobre todo porque me pareces una persona sensata.

Becky agradeció el cumplido con una sonrisa.

–Creo que debería confiar en su instinto,

–¿Puedes concertarme una cita con Reece?

Becky sonrió.

–Es usted la presidenta, señorita Lassiter. Reece dejará lo que quiera que esté haciendo y acudirá enseguida.

Desde que volvieron de Cheyenne Evan había llamado varias veces a Angie, pero ella no le había respondido ni le había devuelto ningún mensaje.

Debería dejar las cosas como estaban, pero su obstinación era más fuerte que su sentido común y aquella noche estaba decidido a verla.

Intentó convencerse de que lo hacía para guardar las apariencias, aunque el verdadero motivo era lo mucho que la echaba de menos. Ya había sido bastante difícil antes de ir a Cheyenne, pero desde que Angie se quedó dormida en sus brazos no había podido sacársela de la cabeza ni un solo instante.

Aquel día se había convertido en uno de los tres

nuevos propietarios del Sagittarius Resort. Estaba exultante y quería compartirlo con ella.

El ascensor le dejó en la planta veintiocho del edificio de Lassiter Media. Había llamado un poco antes al despacho de Angie, sin éxito.

La puerta del despacho estaba abierta y Angie levantó la mirada al oírlo acercarse.

–¿Qué haces aquí? ¿Y cómo te han dejado entrar?

–Tengo algo que contarte. Y todos los guardias de seguridad me conocen. La gente cree que volvemos a estar juntos, ¿recuerdas?

–Sí...

–¿En qué estás trabajando a estas horas?

–Guiones.

–¿Revisándolos?

–Arreglándolos.

–¿Ahora te dedicas a arreglar los guiones de otra persona? Eres la presidenta, Angie.

–Lo sé.

–¿Por qué lo haces? –eran las nueve de la noche.

–Es una de las series australianas.

–¿Es que no hay nadie que pueda ocuparse de esto en horas de trabajo?

–No empieces con el sermón de siempre.

–Pues entonces dime qué está pasando.

–Es Noah. Y Ken y Louie –pareció dudar–. No estoy segura de que mi enfoque esté funcionando.

–¿Qué enfoque?

–Les he encargado que elijan una serie y preparen una versión.

166

–¿Y?

–Que no se empeñan lo suficiente.

–¿Sus ideas no encajan?

–Para nada. Por eso estoy liada con esto. Si consigo mostrarles lo que quiero y les doy un ejemplo usando una de las series, tal vez consigamos algo.

Evan miró el reloj.

–Así que te quedas trabajando por la noche porque tus vicepresidentes no saben hacer su trabajo.

–Me gustaría tener algo preparado para mañana.

–No me parece una buena idea, Angie.

–No es asunto tuyo, Evan –se levantó de la silla y fue hacia la cafetera–. ¿Quieres un poco de café?

–A esta hora no –arrugó la nariz al oler el café frío y rancio–. ¿Has cenado?

–He comido algo en la cafetería… Ojalá siguiera abierta.

–¿Quieres salir a tomar algo?

Ella negó con la cabeza.

–Tengo que acabar esto.

Evan vio que de nada le serviría insistir, de modo que cambió de tema.

–He intentado llamarte unas cuantas veces desde que volvimos.

–He estado trabajando –dijo ella, echando los restos del café en su taza.

–¿Todas las noches?

–Casi todas, sí.

–Es precisamente eso lo que no quería J.D.

Ella se giró bruscamente hacia él.

–Que se vayan al infierno J.D. y su vida perfectamente ordenada. Me tenía a mí para ayudarlo. Y a ti. Y a todo sus leales empleados. Para mí es mucho más difícil. Dime por qué has venido. Has dicho que tenías algo que contarme.

Evan quería agarrarla y sacudirla hasta hacerla entrar en razón. Y besarla y hacerle el amor. Después seguramente querría casarse con ella… Pero la expresión de su rostro le hizo refrenar el deseo.

–Hemos comprado el Sagittarius.

–¿En serio?

–Lo anunciaremos el lunes.

Ella pareció relajarse un poco.

–Es genial, Evan. Me alegro mucho por ti.

–Yo también. Estoy impaciente por empezar a trabajar con Deke y Lex.

Se acercó a ella de manera inconsciente.

–¿Necesitas más ayuda? –le preguntó–. Porque tienes razón… Tu padre nos tenía a los dos para compartir la carga, pero ¿a quién tienes tú?

Ella sonrió.

–Es solo un pequeño contratiempo, Evan. Todo va a arreglarse.

–Yo podría…

–No, de eso nada –lo cortó ella con firmeza.

El móvil de Evan empezó a sonar.

–Hola, Evan –lo saludó Matt–. ¿Cómo va todo por Los Ángeles?

–Bien. ¿Y por Cheyenne?

–Estamos trabajando muy duro.

–Me lo imagino.

–El donativo de Lassiter Media ha sido muy bien recibido.

–Deberías decírselo a Angie, no a mí.

–Sí, siempre se me olvida que ya no estás en la empresa… Escucha, a Kayla y a mí se nos ha ocurrido una nueva idea para la boda.

–¿Ah, sí?

–Nos gustaría celebrarla aquí, en Cheyenne. El fin de semana.

–¿Este fin de semana?

–Sí, sí, ya sé lo que estás pensando. Pero te prometo que esta vez no tendrás que mover un dedo. Será una ceremonia muy sencilla. Vamos a celebrar una boda discreta en la iglesia y luego un gran banquete en el ayuntamiento. Invitaremos a toda la comunidad. Será un merecido descanso para todos los que están trabajando.

Evan tenía que admitir que era una buena idea.

–Yo estaré. Y seguro que a la ciudad le gustará.

La curiosidad se reflejaba en el rostro de Angie.

–Seguro que sí –dijo Matt–. Mucha gente ya se ha ofrecido para prepararlo todo. Kayla va a llamar a Angie.

–Está aquí mismo.

–Pregúntale si podría venir.

Evan cubrió el teléfono.

–¿Puedes ir a la boda de Kayla y Matt este fin de semana en Cheyenne?

Angelica se quedó boquiabierta.

–Allí estará –le confirmó Evan a Matt.

–Genial.

Angelica movió la boca, pero ningún sonido salió de sus labios.

–Estamos impacientes –dijo Evan–. Nos vemos en un par de días.

–¿En Cheyenne? –le preguntó Angie cuando se despidió de Matt.

–Han invitado a toda la comunidad de rancheros al banquete. Es una buena manera de apoyar a sus vecinos.

–Es una idea fantástica –afirmó Angie, pero se dejó caer en una silla con expresión abatida–. Ojalá tuviera más tiempo.

–Ah, no, de ninguna manera vas a perdértelo. Te tomarás el tiempo que haga falta para hacer feliz a Kayla.

Angie señaló el ordenador.

–¿Y quién se ocupara de esto?

–Tus empleados.

–Mis empleados se están rebelando.

–Ese es otro problema. Pero tu mejor amiga va a casarse y tú vas a estar en su boda.

Capítulo Diez

Kayla había cambiado su sofisticado traje de novia por un vestido más sencillo, sin mangas, con un corpiño ceñido y forrado de encaje marfil.

Angelica y Tiffany llevaban vestidos morados idénticos, sin mangas, con falda corta y botas de vaquero.

En las barbacoas de la terraza del ayuntamiento, los cocineros del Lassiter Grill asaban la carne y el salmón, mientras que el pastelero había preparado una fabulosa tarta de limón y frambuesas.

Acabada la ceremonia y el banquete, Angelica tenía la cabeza dividida entre Cheyenne y Los Ángeles. Por un lado se alegraba enormemente por Kayla y Matt, pero por otro estaba muy inquieta debido a la discusión que había tenido con Ken aquella mañana.

Una banda de la ciudad tocaba en el pequeño escenario, y los invitados se habían congregado alrededor de la improvisada pista de baile. El primer vals llegó a su fin y sonaron los primeros acordes de una popular melodía, la señal para que Angelica y Evan se unieran a los novios en la pista.

Vestido con un traje gris y unas botas de vaquero, Evan la tomó de la mano y la acompañó al centro de la pista, donde la estrechó entre sus brazos. Angelica encontró rápidamente el ritmo y dejó que Evan la guiara, reprimiendo el impulso de acurrucarse contra su pecho, cerrar los ojos y olvidarse del resto del mundo.

–¿Dónde tienes la cabeza? –le preguntó él.

–Justo aquí. Igual que mis brazos, mis piernas y mis pies.

–Estás pensando en Lassiter Media…

–¿Desde cuándo puedes leerme el pensamiento?

–Puedo leer tu expresión. Y no dejas de mirar a Noah con el ceño fruncido.

–Llevo todo el día sonriendo y mirando a Kayla. ¿Verdad que está preciosa?

–Tienes que olvidarte de ello.

–¿Olvidarme de que la novia está preciosa? ¿Crees que estoy celosa?

Evan la hizo girar.

–Olvidarte del trabajo. Estamos en una boda. Se supone que hay que divertirse.

–Me estoy divirtiendo.

–Tienes la cabeza llena de preocupaciones.

Ella esbozó una radiante sonrisa.

–¡Me lo estoy pasando bomba! –afirmó, pero en ese momento vio a Noah. Había ido a la boda, junto a Ken, Louie y muchos otros directivos y miembros del personal, ya que Matt había trabajado con ellos durante muchos años. Los tres estaban hablando en un rincón. Una mujer se unió a la conversación, la secretaria de Noah, y le entregó un móvil. Noah se separó del grupo y su mirada se encontró con la de Angelica. Evan tiró de ella para apretarla contra el pecho.

—Déjalo ya —le susurró al oído, y la giró para que perdiera de vista a Noah.

—Están tramando algo.

—Olvídalos. No puedes estar trabajando a todas horas.

—Las cadenas emiten a todas horas.

—También mi hotel está abierto a todas horas, pero no estoy allí permanentemente.

—Tú no estás en guerra con tus directivos.

La canción terminó y empezó otra, pero ellos siguieron bailando.

—¿Todavía estáis en guerra?

—Sí, y eso es lo que me preocupa —le había dado a Ken los guiones actualizados y él le había dicho que intentaría hacer algo con ellos, pero Angelica llevaba varios días esperando sus resultados.

—¿Qué ocurre?

—Creo que Ken está interfiriendo en mis guiones.

—Pues pregúntaselo.

—Ya lo he hecho, pero evita responderme.

—Hazte cargo, Angie. Pero que sea el lunes. Ahora baila conmigo.

—No puedo… —se calló a mitad de la protesta. No tenía sentido seguir discutiendo con Evan.

Se obligó a relajarse y a concentrarse en los pasos de baile, en los fuertes brazos de Evan, el olor de su piel y los latidos de su corazón. La música llenaba sus oídos y un arrebato de deseo le crecía en el pecho. Si pudiera escapar con Evan y ocultarse en algún rincón, podría dar rienda suelta a su pasión y olvidarse de todas sus preocupaciones.

–Eso está mejor –le dijo él–. Tú, yo, Cheyenne… Como en los viejos tiempos.

Sus palabras eran demasiado íntimas. Tal vez era la naturaleza indómita que los rodeaba, pero aquel lugar los unía más y más.

–Te deseo, Angie.

A Angelica se le cerró la garganta y no pudo articular palabra. Él se llevó la mano a los labios y la besó en la muñeca. Una exquisita ola de calor se le propagó por el brazo.

La canción terminó y el maestro de ceremonias anunció por los altavoces que había llegado la hora de cortar la tarta. Su voz fuerte y afable devolvió a Angelica a la realidad. ¿Qué demonios le pasaba?

Se apartó de Evan y abandonó a toda prisa la pista de baile. Había estado a punto de ceder, de pasar otra noche en sus brazos… ¿Cómo se podía ser tan tonta?

Entró en el guardarropa y se agarró a un estante para respirar hondo e intentar calmarse.

–¿Cuáles son los que han tenido peores índices de audiencia? –preguntó una voz masculina.

Angelica se sobresaltó. El hombre que hablaba estaba al otro lado de la esquina, fuera de su vista.

–¿Del año pasado? –era Noah quien hablaba–. ¿La tercera temporada?

Angelica caminó hacia él.

–Sería ideal tener una copia del guion… Sí, por favor –Angelica torció la esquina y a Noah se le desen-

174

cajó el rostro al verla–. Te llamaré más tarde –desconectó el móvil.

–¿Quién era?

–Alguien de Australia.

–¿Quién?

–Se llama Cathy, una simple secretaria. No la conoces.

–¿Qué estás haciendo, Noah?

Él se dirigió hacia la puerta.

–Estaba pidiendo información para hacer la versión de la serie.

–Estás ocupándote de la versión de la serie británica.

–La versión de Ken.

–¿Has visto los guiones? –sus sospechas iban en aumento.

–Sí.

–¿Los que he actualizado yo?

–Y también los de Ken. Admito que buenas ideas, Angie.

–Vaya, muchas gracias, Noah. Es muy amable por tu parte reconocer que tengo algo que aportar a Lassiter Media.

–¿Qué está pasando aquí? –preguntó Evan, apareciendo tras ella.

–Pues claro que tienes algo que aportar –dijo Noah en tono suave–. Tienes mucho que aportar. A todos nos gustan tus cambios. Estamos trabajando en ellos.

–¿Por qué te ocupas del proyecto de Ken?

–Ya basta –dijo Evan–. Noah, este no es el lugar ni el momento…

–Largo –le espetó Angelica.

–Márchate –le dijo Evan a Noah.

Noah miró a Angelica, visiblemente nervioso. Luego miró a Evan y salió apresuradamente del guardarropa.

Angelica se giró hacia Evan, esforzándose para no estallar.

–No puedes socavar mi autoridad de este modo.

–Van a cortar la tarta.

–Me importa un bledo la tarta.

Él dio un paso adelante, casi tocándola.

–¿Oyes lo que estás diciendo? ¿Lo oyes?

–Noah estaba hablando con alguien de Australia, preguntándole por los programas con menor audiencia. No podía hacer oídos sordos.

–Sí, sí que podías. El lunes te ocuparás de lo que haga falta en la oficina.

–¿Eso es una orden?

Evan apretó la mandíbula.

–Es una sugerencia amistosa.

–Perdiste el derecho de hacer sugerencias amistosas.

–¿Todo lo que hizo tu padre no significa nada para ti? Jugó conmigo, con tus hermanos, con la compañía… ¿y no has aprendido nada?

–Cállate, Evan.

–No voy a callarme. No puedo callarme. ¿Quieres oír una orden, Angie? Si te diera una orden sería la siguiente: despide a Noah. Despide a Ken. Despide a Louie. Asciende a Max. Asciende a quien tú creas que es digno de confianza. Y luego déjales hacer su trabajo. No puedes encargarte de todo tú sola. Lo echarás todo a perder, no solo el trabajo, sino también tu vida.

Angelica se enfureció. Había trabajado en Lassiter Media mucho más tiempo que Evan. Era ella en quien su padre había confiado. Era ella la que estaba al mando.

–¿Me estás diciendo cómo tengo que dirigir mi empresa?

–No –respondió él amablemente. Le levantó la mano izquierda y frotó el diamante del anillo–. Te estoy diciendo cómo ser mi mujer.

Angelica se quedó de piedra.

–Hace mucho tiempo –continuó él–, conocí a una mujer hermosa, alegre y maravillosa, de la que me enamoré perdidamente. Quería pasar el resto de mi vida haciéndola feliz. Pero tú la has hecho desaparecer. Me la has robado y no sé qué hacer para recuperarla –le soltó la mano–. Si alguna vez vuelve a aparecer, avísame.

Se giró y se marchó.

Angelica empezó a temblar y tuvo que agarrarse de nuevo al estante. La mujer a la que Evan había conocido no se había ido a ninguna parte. Seguía allí. Si Evan la amara, si de verdad la amara, la aceptaría como era, con sus virtudes y defectos. No podía quedarse solo con lo bueno y rechazar lo que no fuera perfecto. El amor no era así.

***

Evan se pasó tres días arrepintiéndose de su arrebato. Había sido demasiado duro y había presionado en exceso. Algún día Angelica estaría lista para encontrar su equilibrio, pero todavía le faltaba mucho.

–Las convenciones de Premier Tech Corporation –anunció Lex en tono triunfal al entrar en el despacho de Evan en el Sagittarius–. Cinco días al mes durante cinco años, quinientos invitados en cada una.

–¿Esto sale de los contactos de Deke? –preguntó Evan, concentrándose en el trabajo.

–Vamos a enviarte a las ferias de Múnich, Londres y París –Lex dejó un montón de folletos en la mesa–. El negocio empresarial es el más lucrativo de todos. Partes el viernes. Elige a cinco miembros del personal para que te acompañen.

–¿No puedo elegir yo mi propia agenda?

–Tú te encargas de la expansión en el extranjero. Además, se trata de Londres y París, no de Siberia. ¿A quién no le gustaría ir a Londres y París?

Era una gran oportunidad. Y era un idiota si seguía esperando a Angie. Ella tenía su vida y él tenía que seguir con la suya. Le había dejado clarísimo que no quería sus consejos, ni lo quería a él.

–Supongo que debería empezar a formar un equipo de marketing.

Lex se sentó.

–Puedes contratar a gente nueva o ver si tenemos a alguien apropiado en el personal.

–Me gusta Gabrielle, de relaciones públicas. Es de París. Habla perfectamente francés e italiano.

–Y es muy guapa.

Evan frunció el ceño.

En esos momentos no le interesaba ningún mujer que no fuera Angie.

–Seguramente tenga amigas guapas en París.

–Lo tendré en cuenta.

–¿Angie ha roto contigo? –le preguntó Lex. Evan había dejado de fingir.

–No hemos vuelto a hablar desde la boda.

–Igual que la otra vez…

–Supongo. Todo estaba condenado desde el principio.

–¿Estás bien?

–Lo estaré. Al fin y al cabo he tenido seis meses para acostumbrarme.

Lex lo miró pensativo.

–Tengo la sensación de que nunca llegaste a superarlo. Y al volver a estar con ella… bueno, parecías estar muy bien juntos, Evan.

–Lo estábamos, hasta que se acabó.

–¿No podía volver a funcionar?

–Durante un tiempo así lo creí –recordó la imagen de Angelica durmiendo abrazada a él en el Big Blue–. Pensaba que teníamos otra oportunidad.

–Quizá puedas superarlo en París.

–Quizá.

–Llévate a Grabielle. Sus amigas podrán ayudarte.

Evan sonrió. Una aventura en Francia no entraba en sus planes. No podía imaginarse haciendo el amor con nadie más que con Angie.

En la sala de juntas, Angelica miraba a Noah y a Ken desde el otro lado de la mesa. Hasta ese momento había deseado desesperadamente que Evan estuviese equivocado y ella tuviera razón.

–Son una bazofia –les dijo, cubriendo la pantalla de la tablet donde estaba examinando los guiones revisados.

–Creemos que van en sintonía con… –empezó Noah.

–No –lo cortó ella–. Son espantosos. Y es más, vosotros lo sabéis –la furia barrió su decepción–. Queréis que este proyecto fracase. No aprobáis mi nueva política y queréis hacer valer vuestra opinión como sea, a costa de frustrar el proyecto.

–Hemos hecho lo que nos pediste y… –empezó Ken.

–No –repitió ella–. Habéis intentado debilitar mi posición y aprovecharos de la empresa en vuestro propio beneficio. Pero no vais a conseguirlo –se levantó y llamó a su secretaria, quien respondió enseguida–. ¿Becky? Avisa a seguridad, por favor. Que vengan inmediatamente.

Noah y Ken palidecieron.

Hubo una brevísima pausa.

–Enseguida están allí.

Angelica dejó el teléfono.

–Alguien de contabilidad se pondrá en contacto

con vosotros para la indemnización, en la que estarán incluidos vuestros planes de pensión. El personal de seguridad os acompañará a vuestros respectivos despachos para que recojáis vuestros efectos personales.

La puerta de la sala de juntas se abrió y entraron dos guardias de seguridad.

–Estos dos caballeros ya no trabajan para Lassiter Media –los informó Angelica–. Por favor, asegúrense de que recogen todas sus cosas y que dejen los teléfonos de la empresa y sus llaves. Y que el departamento de informática bloquee sus cuentas.

Noah se puso en pie y los dos guardias avanzaron inmediatamente hacia él.

–¡No puedes despedirnos! –gritó.

–Acabo de hacerlo –dijo Angelica, recogiendo tranquilamente sus cosas.

–¡Tenemos el apoyo del departamento creativo! –exclamó Noah.

–Y yo soy la presidenta ejecutiva –respondió ella desde la puerta.

–Te arrepentirás de esto –fueron las últimas palabras que oyó de Noah.

Becky la esperaba en el pasillo.

–¿Se encuentra bien?

–Mejor que nunca –se había quitado un gran peso de los hombros. Y cuando hiciera lo que le quedaba por hacer se sentiría aún mejor.

***

Evan no tenía prisa por volver a casa. Su vuelo salía para Frankfurt a las nueve de la mañana y no le apetecía encontrarse un apartamento vacío, de modo que fue al bar del Sagittarius y se acomodó en un asiento de cuero junto a la barra. El ambiente era agradable y estaban emitiendo un partido.

Le pidió una cerveza al camarero.

Tal vez buscase una amante en París. ¿Por qué no? El celibato no era una buena estrategia a largo plazo. Incluso podría empezar ya mismo. Seducir a una chica en el bar y…

−¿Está ocupado este asiento? −la voz femenina le provocó un escalofrío en la espalda.

Se giró lentamente y vio a Angie de pie ante él, preciosa y con expresión dubitativa. Tenía el pelo medio recogido y ligeramente rizado. Llevaba un vestido rosa claro con finos tirantes y falda con volantes.

−¿Le apetece tomar algo? −le preguntó el camarero.

−Brandonville Chablis −respondió Evan por ella.

Angelica se sentó.

−He acabado de trabajar y me iba a casa.

−¿Así vestida?

−Me he cambiado antes de salir de la oficina −dejó el bolso en la barra−. Quería… quería darte algo.

Extendió la mano y abrió el puño. Evan bajó la mirada y vio el anillo de compromiso en su palma.

El corazón se le congeló y un dolor punzante le traspasó el pecho. Sabía que dolería, pero no se esperaba una sensación tan angustiosa. Por unos segundos se preguntó si podría volver a respirar.

–¿La farsa se ha terminado? –consiguió preguntar.

–La farsa se ha terminado –él no agarró el anillo y ella lo dejó en la barra. Evan no podía ni mirarlo–. Hoy he despedido a Noah –le dijo en tono distendido. El camarero sirvió la copa de *chablis* y miró a Evan como si quisiera unirse a la conversación, pero la expresión de este le hizo alejarse rápidamente.

–Buena decisión.

–También he despedido a Ken –pasó el dedo por el tallo de la copa. Tenías razón y yo estaba equivocada.

Él sacudió ligeramente la cabeza.

–¿Cómo dices?

–¿Me vas a hacer repetírtelo? Porque para mí es muy humillante. Parece que eras mejor presidente de Lassiter Media que yo.

–¿Qué ha pasado? –repitió él.

–Me estaban saboteando.

–Era de esperar.

–Una cosa es estar en desacuerdo con tu jefe e intentar hacer valer tu opinión, pero otra muy distinta es intentar que un proyecto fracase y malgastar los recursos de la empresa. No estaba dispuesta a consentirlo. Y por eso también he despedido a Louie. Es la primera vez que hago algo así… –tomó otro trago–. Necesito esto.

Evan resistió el impulso de agarrarle la mano.

–Me siento orgulloso de ti, Angie.

–Gracias. Yo también me siento un poquito orgullosa.

–Y con razón –desvió la mirada hacia el anillo.

–He ascendido a Reece.

La mujer a la que amaba con todo su corazón había entrado finalmente en razón, pero sin embargo rompía otra vez con él.

–Hemos ido juntos a Cheyenne.

–¿Tú y Reece?

Ella asintió y Evan sintió una punzada de celos. Agarró el anillo y se lo metió en el bolsillo de la camisa.

–Quería que Reece estuviera presente cuando ascendiera a Max Truger. Voy a contar con los dos.

–¿Has ascendido a Max?

Angelica se giró hacia él.

–Tenías razón y yo estaba equivocada. Necesito ayuda para dirigir la empresa. Necesito personas en las que pueda confiar, y necesito dejarles hacer su trabajo de modo que yo pueda tener una vida.

Evan sintió que el corazón se le henchía de amor.

–¿Entonces por qué me devuelves el anillo?

–El compromiso era falso, Evan. No quiero un compromiso falso. Si voy a volver a llevar ese anillo, quiero que sea de verdad.

A Evan le costó un momento asimilar sus palabras. Y cuando lo hizo no podía creerlo.

–¿Estás diciendo que…?

Ella asintió.

Evan se levantó. Todo el cuerpo le vibraba de entusiasmo, pero no podía ser allí, en un bar. La levantó de la silla y la sacó del bar. Al principio no sabía adónde ir, pero entonces usó su llave para entrar en el spa, cerrado y a oscuras. Cerró tras ellos y echó la llave.

–Cásate conmigo –le pidió, abrazándola–. Cásate conmigo, cásate conmigo, cásate conmigo.

–Sí –respondió ella con ojos brillantes, y él la besó con toda la pasión y amor que podía expresar.

–Te quiero, Angie.

–Te quiero, Evan. Nunca imaginé que volvería a decírtelo.

Él la levantó en sus brazos y echó a andar.

–Dilo todas las veces que quieras. Todos los días de mi vida.

Avanzó por un estrecho pasillo.

–¿Vamos a hacer el amor en el spa?

–Está cerrado con llave y yo soy el dueño. De modo que… sí, vamos a hacerlo –entraron en una sala con una fuente iluminada y un gran sofá–. Hemos llegado –la acomodó en el sofá y la contempló con adoración–. Me encantas de rosa. Deberías vestir siempre así. Pero ahora quítate el vestido.

–Acabo de despedir a tres hombres por no mostrar el debido respeto.

–Oh, te lo mostraré, descuida… Te mostraré todo el respeto que mereces en cuanto te vea desnuda.

Ella extendió la mano.

–¿Antes puedo tener mi anillo?

Él se arrodilló, se sacó el anillo del bolsillo y se lo deslizó en la mano izquierda.

–Esta vez es para siempre.

–Para siempre –aseveró ella, y se echó hacia atrás para quitarse el vestido.

Epílogo

La primavera había llegado al Big Blue. Los campos estaban en flor, los pájaros trinaban en los árboles y un sol radiante caldeaba las verdes colinas. Evan le había advertido a Angie de que se estaban arriesgando mucho al celebrar la boda en el jardín, pero hacía un día espléndido. No había ni una nube en el cielo, y las azaleas, petunias y tulipanes llenaban de color el paisaje.

Angie había caminado en solitario hacia Evan y el reverendo, que estaban bajo el dosel de madera. Sus hermanos se habían ofrecido a acompañarla, pero ella había dicho que sentía la presencia de J.D. a su lado.

Evan nunca la había visto tan hermosa. Había elegido un sencillo vestido blanco por las rodillas, con finos tirantes y entrecruzado por detrás dejando la espalda al descubierto. Se había entrelazado florecillas silvestres en el cabello recogido y llevaba un pequeño ramo de acianos.

No era como Evan se había imaginado su boda, pero era todo perfecto. Y cuando besó a la novia supo que estaban preparados para afrontar juntos cualquier obstáculo que la vida les pusiera por delante.

Más tarde, bajo un cielo plagado de rutilantes estrellas, los invitados seguían la fiesta en el jardín y bailaban. Angie bailaba con su hermano Dylan. Deke bailaba con una deslumbrante Tiffany. Le había revelado a Evan que pensaba declararse al día siguiente por la noche.

–¿Habéis elegido ya un sitio? –le preguntó Chance a Evan, mirando con una sonrisa a su mujer, Felicity, que estaba hablando con Jenna. Acababan de descubrir que estaba embarazada de gemelos.

–Angie dice que deberíamos construir la casa en el prado, junto a Rustle Creek… En lo alto de la colina, para evitar las riadas.

–Puedo cederte la propiedad –le ofreció Chance–. Tanto terreno como quieras.

–No es necesario. No creo que Angie quera dividir la finca.

–¿Va a conservar la mansión de Los Ángeles?

–No quiere desprenderse de ninguna de las posesiones de la familia. Pasaremos aquí bastante tiempo, pero seguiremos necesitando un sitio en Los Ángeles.

–Es una casa muy grande para dos personas.

–Esperemos que no por mucho tiempo… –Angie había dejado de tomar la píldora el mes pasado.

Chance volvió a mirar a Felicity y a Jenna.

–Parece que el clan de los Lassiter seguirá creciendo a pasos agigantados.

–Y yo estaré encantado de contribuir.

–He puesto el listón muy alto –dijo Chance, refiriéndose a los gemelos.

Evan se rio y recorrió la multitud con la mirada.

Marlene bailaba con el socio de mayor edad del bufete de Logan. Desde Navidad eran inseparables. Por su parte, Sage y Colleen habían anunciado que también ellos esperaban un bebé.

—Creo que a J.D. estaría muy complacido –le dijo a Chance.

—Estoy de acuerdo. Habría querido mucho a todos sus nietos y se habría sentido feliz por los fuertes lazos que unen a los miembros de la familia.

La banda empezó a tocar otro vals. Angie miró alrededor y Evan supo que era su turno.

—Hola, señora McCain –la saludó al oído–. ¿Estás cansada?

—Un poco. Pero es un día perfecto, ¿verdad? Todo el mundo parece muy contento.

—Lo que más me importa es que tú seas feliz.

—Lo soy, Evan. Soy increíblemente feliz.

—Podemos retirarnos cuando quieras.

—Unos minutos más –dijo Angie, y soltó un profundo suspiro–. Siento que la familia Lassiter está iniciando un nuevo capítulo.

—Así es. Y yo me siento orgulloso de formar parte.

—Algo maravilloso está comenzando. Pero también está acabando algo maravilloso… Necesito un poco más de tiempo para asimilar la despedida.

Él la abrazó fuerte.

—Tómate todo el tiempo que necesites, cariño…

DESEO

TANNER

Instantes de pasión

JOAN HOHL

En cualquier otra ocasión, Tanner Wolfe habría tenido ciertas reticencias a que lo contratara una mujer. Pero el precio era lo bastante alto para atraer su atención, y la belleza de la dama en cuestión hizo que la atención se convirtiera en deseo. Sin embargo, no estaba dispuesto a que ella lo acompañara en la misión. El inconformista cazarrecompensas trabajaba solo. Siempre lo había hecho y siempre lo haría. Claro que nunca había conocido a una mujer como Brianna, que no estaba dispuesta a aceptar un no como respuesta... a nada.

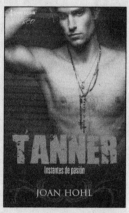

¿Lo harías por un millón de dólares?

Acepte 2 de nuestras mejores novelas de amor GRATIS

¡Y reciba un regalo sorpresa!

Oferta especial de tiempo limitado

Rellene el cupón y envíelo a

Harlequin Reader Service®
3010 Walden Ave.
P.O. Box 1867
Buffalo, N.Y. 14240-1867

¡Si! Por favor, envíenme 2 novelas de amor de Harlequin (1 Bianca® y 1 Deseo®) gratis, más el regalo sorpresa. Luego remítanme 4 novelas nuevas todos los meses, las cuales recibiré mucho antes de que aparezcan en librerías, y factúrenme al bajo precio de $3,24 cada una, más $0,25 por envío e impuesto de ventas, si corresponde*. Este es el precio total, y es un ahorro de casi el 20% sobre el precio de portada. !Una oferta excelente! Entiendo que el hecho de aceptar estos libros y el regalo no me obliga en forma alguna a la compra de libros adicionales. Y también que puedo devolver cualquier envío y cancelar en cualquier momento. Aún si decido no comprar ningún otro libro de Harlequin, los 2 libros gratis y el regalo sorpresa son míos para siempre.

416 LBN DU7N

Nombre y apellido	(Por favor, letra de molde)
Dirección	Apartamento No.
Ciudad	Estado	Zona postal

Esta oferta se limita a un pedido por hogar y no está disponible para los subscriptores actuales de Deseo® y Bianca®.
*Los términos y precios quedan sujetos a cambios sin aviso previo.
Impuestos de ventas aplican en N.Y.

SPN-03   ©2003 Harlequin Enterprises Limited

Se busca ayuda para dominar a un hombre…

Seis semanas atrás, un accidente de coche dejó a Xander Sterne con una pierna fracturada y, para su inmensa irritación, la necesidad de una ayudante en casa. Pero, para su sorpresa, la ayuda llegó en forma de la exquisita Samantha Smith. Y una pierna rota no sería obstáculo para el famoso donjuán.

Sam era una profesional y no iba a dejarse cautivar por las dotes de seductor de su jefe, que flirteaba e intentaba seducirla a todas horas. Pero empezaba a preguntarse cuánto tiempo tardaría en convencerla para darle un nuevo significado al término «ayudante personal».

LA SEDUCCIÓN DE XANDER STERNE
CAROLE MORTIMER

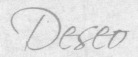

Una desconocida en mi cama

Natalie Anderson

Al volver a casa tras una misión de salvamento y un largo vuelo en avión, en lo único en lo que podía pensar James Wolfe era en dormir, y al encontrarse a una hermosa desconocida dormida entre sus sábanas se enfureció.

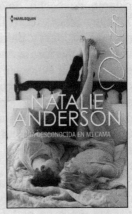

A Caitlin Moore, una celebridad caída en desgracia, un amigo le había ofrecido un sitio donde quedarse, y no iba a renunciar a él tan fácilmente. De mala gana llegó a un acuerdo con James, pero con las chispas que saltaban entre ellos, que podrían provocar un apagón en todo Manhattan, iba a resultar casi imposible que permanecieran cada uno en su lado de la cama.

¿De verdad era un buen acuerdo
compartir cama?

[9]